МЫ

〔俄罗斯〕叶甫盖尼·扎米亚京——著

范国恩——译

我们

译林出版社

目 录

笔记之一

提要：通告。最英明的路线。长篇叙事诗。

今天《国家报》刊登了一则通告，现将原文逐字抄录于下。

"再过一百二十天，'一体号'即告竣工。第一艘'一体号'升空的伟大历史时刻，已经迫在眉睫。一千年前，你们英雄的先辈征服了全世界，使之归顺大一统国。一项更加辉煌的壮举有待于你们去完成：你们将驾驶着用玻璃质料制造的喷火式电动飞船①'一体号'去实现宇宙的大一统，求出这个无穷方程的积分。你们必须迫使居住在其他星球上的未知生物就范，给他们戴上理性之造福枷锁——他们很可能仍然处于蒙昧时代的自由状态。我们将给他们送去用数学方法计算出来的精确无误的幸福。如若他们对此不理解，我们有责任强制他们接受这种幸福。不过，在动用武器之前，我们要试一试语言的威力。

---

① 原文并无"飞船"一词，并且全书无一处提到"一体号"的名称，只说它是一种星际运输工具。为了行文方便，中译者把它称作"飞船"。——译者注（如无特别说明，本书注释均为译者注）

"兹以造福主之名义向大一统国全体号民[①]通告如下：

"凡自认有能力者，均应撰写论文、诗篇、宣言、颂歌或其他文字，颂扬大一统国之宏伟壮丽。

"这将是'一体号'送出去的第一批货物。

"大一统国万岁！号民万岁！造福主万岁！"

我写这段文字时感到自己两颊绯红。是的，就是要求出巨大的宇宙方程的积分。是的，就是要把蒙昧状态的曲线展开，按正切渐近线，即按直线把它校直。因为大一统国的路线是一条直线。这是一条伟大、神圣、正确、英明的路线，是一切路线当中最英明的路线……

我是号民 Д-503，"一体号"的建造师。我只是大一统国众多数学家中的一员。我这支写惯了数字的笔，无法写出旋律优美的音乐。我只是试着记述我的见闻和我的思考，确切地说，是我们的思考（的确如此，是我们的见闻和思考，唯其如此，就用"我们"作为我这部笔记的总标题吧），然而这些文字均来源于我们的生活，来源于从数学角度而言至善至美的大一统国之生活。既然如此，这篇东西就其本身而言，不就超出我的初衷而将成为一部长篇叙事诗了吗？肯定如此，对这一点我是相信的，并且是了解的。

① 即"大一统国"的居民。原文为"Нумер"，意为"编号""号码"，因为该国居民没有名字，只有国家颁发的编号，人们均以号码相称。为了便于阅读，试译作"号民"。

我写这篇东西时总感觉自己脸上火辣辣的。这种感受，和一个女人初次听到自己腹内尚未睁眼的胎儿的脉搏时的感受，大抵是很相似的。这既是我，同时又不是我。我必须用自己的体液、自己的血浆孕育它长达数月之久，然后再忍痛使它脱离我的身体，把它双手奉献给大一统国。

但是我心甘情愿，每一位号民，或者说几乎每一位号民都会这样。我心甘情愿。

笔记之二

提要：芭蕾。正方形的和谐。未知数 X。

春天。风从绿色长城①外面，从眼睛望不见的荒野刮来含蜜的花粉。这种甜甜的花粉令人感到嘴唇发干，你不由得时不时地用舌头去舔它。想必迎面走来的女人（当然也包括男人在内），他们的嘴唇也是甜甜的。这不免有些妨碍逻辑思维。

然而你看那天空！湛蓝的天空，没有一丝云翳（古人的鉴赏趣味何其荒诞不经，他们的诗人面对着这一团团奇形怪

---

① 一道把"大一统国"与外部世界隔离开来的玻璃墙。

3

状、乱七八糟的水蒸气，竟然会大发诗兴）。我就是喜欢，而且如果我说我们大家都喜欢这样一尘不染、纯净无瑕的天空，我确信我没有说错。在这样的日子里，整个世界看上去就如同绿色长城，如同我们所有的建筑物一样，是用坚实、耐久的玻璃质料铸造而成的。在这样的日子里，你可以看到事物蓝色的最深层，看到事物迄今未知的奇妙方程式——而且是从最普通、最司空见惯的东西中看到的。

就说今天早晨吧。我来到"一体号"的建造现场，一眼就瞧见了那些机器：调节杆的圆球紧闭着双眼在那里忘情地旋转，曲柄轴光闪闪地左右摇摆，平衡器趾高气扬地扭着肩膀，插床的刀具随着无声的音乐频频做着下蹲动作。我突然发现，在淡蓝色阳光的照耀下，这一台气势恢宏的机器芭蕾是何等壮美。

接下去自然会有人问：何以会美呢？舞蹈为什么是美的呢？答曰：因为这是一种非自由的运动，因为舞蹈全部的深刻含义就在于绝对的审美服从，就在于达到完美境界的非自由状态。有人说，我们的祖先在他们生活中最兴奋的时刻常常手舞足蹈（如宗教仪式和阅兵大典）。如果此言属实，那么只能有一种解释：非自由本能自古以来就是人类的天然属性，而我们在今天的生活中只是有意识地……

这时示码器响了，我不得不暂时停笔。我抬眼一看，是

O-90，果然是她。再过半分钟，她本人将驾临此地，邀我去散步。

这个可爱的 O！我一向觉得她长得很像她的这个名字：比《母亲标准》中的规定矮了 10 厘米，因而浑身显得圆滚滚的，还有她那张粉红色的嘴巴，也是呈 O 字形，我讲每一句话，这张嘴巴都会张得大大的。另外，她手腕上的褶纹也是圆鼓鼓的，像孩子的褶纹一样。

她走进来时，我大脑的逻辑飞轮仍在轰鸣着，在惯性的作用下，我谈起刚刚拟定的那个涵盖了机器、舞蹈以及我们所有人的公式。

"妙极了。对不对？"我问。

"是的，妙极了。春天来了呀。"O-90 给了我一个粉红色的笑脸。

好嘛，您听听：春天来了呀……她说的是春天。这些女人哪……我把话打住了。

我们来到楼下。大街上人山人海：逢到这样的好天气，我们通常都会利用午饭后的一小时个人时间做一次额外的散步。一如往常，音乐工厂①用它的全部铜管乐器奏着《大一统国进行曲》。号民们，成百上千的号民们，身穿浅蓝色的统一

_____

① 可能是一种播放音乐或制作音乐的设施或机器。

服①，胸前佩戴金色的号牌（每个男女号民都有一个由国家颁发的号码），整齐地排列成四人一排，意气风发地走在大街上。我，我们这一排四个人，只是这股洪流的无数浪花之一。我的左边是O-90（如果在一千年前，由我那些满身汗毛的祖先中的哪一位来写这句话，他肯定会在她的名字前面加上"我的"这个可笑的字眼儿），右边是两个不认识的号民，一男一女。

天空蓝得令人欢欣，每一个号牌上都映现着初升的小太阳，一张张明净的脸盘，绝无半点邪恶的阴影。到处是一片光辉……说来你也许会明白，仿佛这世间万物都是用同一种发光的、含笑的物质构造而成的。还有铜管奏出的"嗒——嗒——嗒"的节拍，这些铜管奏出的音阶，在阳光的照耀下仿佛闪闪发光。我们随着每个音阶在攀升，越来越高，直达令人目眩的蓝天……

又像今早在飞船建造现场那样，此刻我又仿佛生平第一次看清了眼前的一切：不可移易的、笔直的街道，晶莹闪亮的路面，精美透明的六面体屋宇，显示着正方形和谐的灰蓝色队列。而且我觉得，仿佛不是过去的数代人，而是我，正是我自己，战胜了古老的上帝和古老的生活，正是我自己创

---

① 源于古代"uniforme"一词。——作者注

造了这一切，我就像是一座高塔，不敢移动我的臂肘，唯恐把墙壁、圆屋顶、机器碰得粉碎……

接下来，一眨眼间跳过了好几个世纪，由"+"号跳向"-"号。我回忆起（显然是对比引起了联想），我突然回忆起博物馆里的一幅绘画。画面上是他们20世纪当时的一条大街，人群、车轮、牲口、广告、树木、颜色、小鸟……花里胡哨、乱七八糟地堆砌在一起。据说当时确实如此，这倒是很有可能。可我却感到这太不真实，太荒诞了，以至于我忍不住突然放声大笑起来。

随即从右面传来了笑声，就像是回声一样。我转身一看，两排洁白的、异常洁白而又尖利的牙齿映入我的眼帘，这是一张陌生的女人的脸。

"对不起，"她说，"您兴冲冲环顾四周的神情，很像神话中创造世界后第七日的那个上帝。我觉得您肯定相信，连我也是您创造的，而不是其他什么人创造的。我真是受宠若惊……"

她说这话时毫无嘲讽之意，倒可以说，还带着几分敬意（也许她知道我是"一体号"的建造师）。但是，我弄不清楚，不知是她的眼神里还是眉宇间，有一个令人恼火、莫测高深的 X，而且我怎么也捕捉不到它，无法用数字来表示它。

我不知怎么感到很尴尬，语无伦次地为自己的发笑寻找

7

一个合乎逻辑的理由：显而易见，今天这个时代和当时那个时代之间的这种反差，这条不可逾越的鸿沟……

"为什么是'不可逾越的'呢？（好洁白的牙齿哟！）鸿沟上可以架座桥嘛。请您想想看，这铜鼓、方队、横列，不是也曾经有过吗，所以……"

"说得是，这个道理很明显！"我大声喊道（她几乎是用我的原话说出了我在散步之前记录下来的想法——这种思想的重合现象，令人拍案叫绝）。"您瞧，就连思想都是如此。这是因为任何人都不是单独的'一'，而只是'之一'而已。我们彼此是如此相似……"

她说："您敢肯定吗？"

我一看见她那两道挑到太阳穴的剑眉——活像字母 X 的两只小犄角，不知怎么就乱了方寸，我朝左右两边看了一眼……

我的右边是个女性，身材瘦削，轮廓鲜明，僵硬中透着柔韧，像鞭条一样，她是 I-330（直到这时我才看见她的号码）；左边是 O-90，她则截然不同，浑身上下都是由一些圆组成的，手腕上有一道孩子般的褶纹；我们这四个人最边上的是一个我不认识的男性号民，他长得像字母 S，折成两道弯儿。我们彼此并不相同嘛……

右边这位 I-330 多半觉察到我困惑的眼神，叹了口气说：

“是啊……很遗憾！”

说实在的，她这句“很遗憾”说得恰如其分。但是，她的脸上，也许是声音里，总有些不大对劲儿……

我一反常态，声色俱厉地说：

“没有什么可遗憾的。科学在进步，道理很明显，即使不是今天，那么再过五十年、一百年……”

“就连大家的鼻子……”

“是的，就连鼻子，”这一次我几乎是大声吼叫了，“既然存在嫉妒的缘由，不管什么缘由……既然我的鼻子是纽扣形的，而别人的鼻子……”

“噢，您的鼻子嘛，用古人的话说，您的鼻子倒称得上是‘古典式’的呢。不过您的手……不，不，让我看看您的手，让我看看！”

我最受不了别人看我的手。我的手布满了汗毛，毛烘烘的。这是荒诞的返祖现象。我把手伸出去，并且尽可能用一个旁观者的语调说：

“一双猴子的手。”

她看了看我的手，又看了看我的脸。

“这可真是绝妙的协调。”她好像称分量似的，用眼睛打量着我，眉梢上又显现出两只小犄角。

“他登记在我的名下。”O-90 高兴得咧开了粉红色的嘴巴。

她这话还不如不说，简直是风马牛不相及。总之，这个可爱的O……怎么说呢……她的语言速度设定错了，语言的秒速总应该略微小于思想的秒速，而绝不可相反。

大街尽头蓄能塔[①]上的那口钟当当地敲了十七下。个人活动时间结束了。I-330和那个S体形的男性号民一起走了。他那张脸令人肃然起敬，并且此刻看上去好像还很面熟，不知是在什么地方见过，一时想不起来了。

分手的时候，I-330对我笑了笑——仍旧是像X似的让人摸不着头脑。她说：

"后天请到112号大课室[②]来一下。"

我耸了耸肩说："这就要看我是否会收到正巧是您所说的那间大课室的通知了。"

她却用一种令人不解的自信口吻回答说："会收到的。"

这个女人就像一个偶然混进方程式的无法解开的无理数，让我很反感。我乐得留下来，能和可爱的O-90待一小会儿工夫也好。

我和她手挽着手走过了四条大街。到了拐角，她该往右走，我往左走。

---

① 一种收集、贮存大自然中放电现象（如雷电）产生的能量的装置。
② 号民们听各种讲座的场所。

"我真想今天到您那儿去，放下幔帘。就在今天，就在现在……"O-90抬起圆圆的、亮亮的蓝眼睛望着我。

她真可笑。叫我对她说什么好呢。昨天她刚来过我这里，并且比我更清楚，我们下一个性生活日是后天。这不过又是她的"思想超前"，就像发动机提前打火（而这往往是有害的）。

分别的时候，我在她美丽的、无一丝云翳的眼睛上吻了两次……不，准确地说，是吻了三次。

笔记之三

提要：男式上装。长城。《作息条规》。

我把昨天的笔记通篇看了一遍，却发现我写得不够清楚。我是说，这些事对我们这里的每个人来说都是十分清楚的，而对你们——我的笔记将由"一体号"送给你们这些未知的人们——则很难说了。一部伟大的文明经典，你们也许刚刚读到九百年前我们祖先读到的那一页。就连"作息条规""个人时间""母亲标准""绿色长城""造福主"这样的常识性名词，你们也未必了解。让我来谈这些，未免太可笑了，同时又让我感到很为难。这就好比让一位20世纪的作家在他的小说里解释何谓"男式上装""公寓式住房""妻子"。可话又说回来，如果要把他的小说翻译给未开化的野蛮人看，而不给"男式上装"加个注释，那怎么行呢？

我敢肯定，一个野蛮人看着"男式上装"就会想："这玩意儿有啥用？不过是个累赘。"我觉得，如果我对你们说，自从二百年大战以来，我们这里谁都没有到过绿色长城外面，你们同样也会满脸困惑。

但是，亲爱的读者，总该动点脑筋才是，这是很有好处的。一个很明显的道理：我们所了解的整个人类历史，就是从游牧方式过渡到定居方式的历史。由此难道不是可以得出这样的结论：定居程度最高的生活方式（我们的）也就是最完善的生活方式（我们的）。如果说人们曾经在地球上四处漂泊，那也是史前时期的事了。那时还存在着民族、战争、贸易，还在不断地发现各种新大陆。而现在谁还需要这些，还有什么必要？

我认为，人们对这种定居生活，绝不是轻而易举地一下子就习惯了的。在二百年大战期间，所有道路都被破坏，荒草丛生。起初一段时间，生活在一个个被绿色丛林隔离开来的城市里，想必是非常不方便的。可是这又有什么呢？人类脱落了尾巴之后，大概也并非一下子就学会了如何不用尾巴驱赶苍蝇的呢。起初他们肯定为了失掉尾巴而感到苦恼。然而现在你们能设想你们长着一条尾巴吗？或者说你们能设想自己不穿"上装"光着身子走在大街上吗？（也许你们还穿着"上装"散步呢。）同样的道理：我无法想象一座城市不围上绿色长城会是什么样子，我无法想象生活没有《作息条规》的数字装潢会是什么样子。

《作息条规》……它挂在我房间的墙壁上，金底的紫红色数字此刻正威严而又亲切地望着我。我不由得想起古人称作"圣像"的那种东西，真想写一首诗或一篇祝祷词（两者一样）。唉，我为什么不是一个诗人呢，那样我就能够用体面的文笔对你大加赞颂了。啊，《作息条规》！啊，大一统国的心脏和脉搏！

我们大家（也许包括你们在内）在学生时代，都读过古代文献中流传至今的一部最伟大的传世之作——《铁路运营时刻表》。但是，即使把它放在《作息条规》旁边，你们也会看得出前者不过是石墨，后者则是钻石。虽然二者都含有C——碳素，但是钻石多么坚实、晶莹，多么璀璨夺目！当人们像车轮一样在《铁路运营时刻表》的篇页上驰骋时，有谁不是激动得透不过气？然而《作息条规》把我们每个人都活生生地变成了一部伟大叙事诗的六轮钢铁英雄。每天早晨，我们千百万人，以六轮机车的精确度，在同一小时和同一分钟，像一个人似的一齐起床；我们千百万人在同一小时开始工作，又在同一小时结束工作。我们融合成一个有千百万双手的统一的身躯，在《作息条规》所规定的同一秒钟外出散步，去大课堂，去泰勒[①]健身房，在同一秒钟回去睡觉……

我可以直言不讳地说：对于幸福这个课题，我们这里也还没有一个绝对正确的解答方案。强大的统一机体每天有两次——16点至17点和21点至22点——分解成一个个单独的细胞。这就是《作息条规》所规定的个人时间。在这两个小时里，一些人循规蹈矩地拉下室内的墙幔，另一些人踏着铜管乐器奏出的《进行曲》的音阶，步伐齐整地在大街上行走，还有一些人像我现在这样，坐在写字台旁。但是我坚信，哪怕有人说我是个理想主义者和幻想家，我也仍然相信，我们或早或晚，总有一天会为这些时间在总公式中找到一个位置，总有一天，这86 400秒将全部被纳入《作息条规》。

关于人们还生存在自由状态，即无组织的野蛮状态那个时代的奇闻逸事，我读过许多，也听过许多。但是，我一直感到最不可思议的是这种事：当时的国家政权（尽管还处于萌芽状态）怎么竟然坐视人们过着一种没有我们这种《作息条规》、没有强制性散步、没有精确安排的进餐时间的生活，

---

① 泰勒（Frederick Taylor, 1856—1915），美国工程师，泰罗制的创始人。这种生产管理制度建立在细致分工和操作合理化的基础上，其特点是最大限度地提高效率，以获取利润。

人们何时起床、何时就寝，都悉听尊便。有的史学家甚至说，当年街上的灯火彻夜通明，行人和车辆终宵不息。

对此我百思不解。无论他们怎样无知，也总该明白，这样的生活乃是真正的灭绝人口的大屠杀，只不过是一种日复一日的慢性杀害罢了。国家（人道主义制度）禁止杀害一条人命，而不禁止把数以百万计的人害得半死不活。杀死一条人命，也就是说使人员寿命总和减少50岁，这是犯罪；而使人员寿命总和减少5 000万岁，却不是犯罪。这岂不是很可笑吗？这道数学道德题，我们这里任何一个十岁的号民，只消半分钟就可解开。他们那里却做不到——他们所有的康德合在一起也做不到（因为没有一个康德想到应该建立一个科学的伦理体系，即以加减乘除为基础的伦理体系）。

国家（它竟敢自命为国家！）居然对性生活放任自流，这岂不是一桩怪事。不论什么人，不论什么时候，不论多少次……都悉听尊便。全然不讲科学，活像动物，并且还像动物一样，盲目地生孩子。说来也真可笑：他们懂得园艺学、养鸡学、鱼类养殖学（我们有翔实的材料，说明他们掌握了这些知识），却未能攀登到这一逻辑阶梯的最后一个梯级——生育学。他们未能想到我们的《母亲标准》和《父亲标准》。

太可笑，太离奇了，以至于我写了这些之后未免有些担心，唯恐你们——不相识的读者们，认为我是在恶作剧。说不定你们会以为我在存心戏弄你们，在一本正经地胡说八道。

但是，首先，我不擅长开玩笑。任何玩笑话都夹杂着谎言。其次，大一统国科学认定古代人的生活确实如此，而大一统国科学是不可能出差错的。况且人们还都处在自由的状态之中，也就是说还都处在野兽、猿猴、牛羊的状态之中，哪里会有什么国家逻辑呢。即使在我们这个时代，从我们那毛烘烘的心底，从我们内心的深处，还偶尔会传出猴子的野性回声，又怎么可以苛求于他们呢。

幸好只是偶尔。幸好这只是一些机件的小小故障，它们很容易修复，无须中断整台机器永恒而伟大的运转。要想卸掉一根弯曲变形的螺栓，我们有造福主那只技术娴熟而又稳健有力的手，我们有护卫[①]训练有素的眼睛……

对了，正巧我现在想起来了：昨天那位像 S 折成两道弯的人，我好像有一次看见他从护卫局走出来。现在我才明白，我何以对他怀有这种本能的敬畏，而当那位怪里怪气的 I-330 在他面前……我又何以感到有些尴尬。我不得不承认，这个 I-330……

就寝铃声响了：22 点 30 分。明天见。

---

① 护卫是下文"护卫局"的工作人员。护卫局是兼警务、情报、特工于一身的安全机关。

笔记之四

提要：野蛮人与晴雨计。癫痫。假如。

迄今为止，我对生活中的事都看得很清楚（我偏爱"清楚"一词，看来不是没有原因的）。可是今天的事……我倒看不懂了。

首先，正像她所说的那样，我果真收到了去112号大课室的通知，虽然概率只不过是：

$$\frac{1\ 500}{10\ 000\ 000} = \frac{3}{20\ 000}$$（1 500是大课室总数，10 000 000是号民总数）。其次……不过还是按顺序谈为好。

大课室。这是一座巨大的半球形玻璃建筑物，被阳光照射得通体明亮。一圈圈的座位上，只见剃得精光明亮的圆球似的脑袋，个个显得气宇非凡。我心神不定地向四周围扫了一眼。我想我当时是在寻找：O-90那张可爱的粉红色弯月形嘴巴会不会出现在统一服的蓝色海洋中。这不，那边不知是谁的一副异常洁白而锋利的牙齿，很像是……不，不是。O-90今晚21点来会我，我希望在这里见到她，这完全是情理之中的事。

铃声响了。我们起立，唱《大一统国国歌》。随后，录音讲师[1]出现在台上，它那金色的扩音器和机智风趣的语言大放

_____
[1] 可能是一种智能机器。

光彩。

"尊敬的号民们！不久之前，考古学家们发掘出一本20世纪的书。擅长讽刺的作者在书里谈到野蛮人和晴雨计。一个野蛮人发现，每当晴雨计水银柱停在'雨'字上，天上果然下雨。这个野蛮人正盼望下雨，他就挖一些水银出来，使得水银柱恰好达到'雨'的水平。（屏幕显示，那个插戴羽毛的野蛮人正在抠水银。场内哄笑。）你们在笑，但是，你们不觉得那个时代的欧洲人更加可笑吗？欧洲人和那个野蛮人一样，也在盼'雨'，盼的是大写的雨，代数学上的雨。但是他们面对晴雨计，却显出一副可怜相。野蛮人最起码比他多一些勇气、毅力和逻辑性（尽管是野蛮的逻辑），因为他弄清楚了一个道理：结果和原因之间存在着联系。他挖掉一些水银，从而在一条伟大的道路上迈出了第一步，而这条道路通向……"

这时（我重申：我在如实地记录，毫无隐瞒）——就在这时，我有一会儿工夫仿佛具有了防水性能，对于扩音器倾泻出来的充满活力的水流，我竟然涓滴不入。我突然觉得自己到这里来是多此一举（为什么"多此一举"，既然给了通知单，怎么可以不来呢？）；我觉得这一切都是空谈，言之无物。我好不容易才开动我的注意力，这时录音讲师已经转入正题，开始讲我们的音乐及其数学构成（数学为因，音乐为果），介绍不久前才发明出来的音乐机。

"……只需摇动这个手柄，你们中间的任何人都能在一个小时之内生产出三部奏鸣曲，而你们的祖先做这件事可得花大气力了。他们只有折腾到'激情'（一种尚不知晓的癫痫）大发作的地步，才能创作。下面给大家展示一个说明他们音乐创作情况颇为好笑的实例，请听20世纪斯克里亚宾[1]的音乐。这只黑色木箱（台上幕布拉开，那里放着他们的一件古老乐器），他们把它叫作'皇族木箱'或者'王室木箱'[2]，这也足以说明他们的整个音乐该是多么……"

下面的话我又记不起来了，很可能是因为……也罢，我就直说了吧：原来是她——I-330走到"皇族木箱"跟前。大概是她突如其来地出现在台上，让我大吃一惊。

她穿着一种怪里怪气的古代服装。黑色的衣裙紧裹着身体，袒露的双肩和胸部被映衬得格外白皙。还有双乳之间的那道暖烘烘的阴影，随着呼吸起伏颤动，再加上满口雪白耀眼的牙齿，几乎放射出凶险的光芒……

她朝台下微微一笑，让人感觉像被蜜蜂蜇了一下。然后她坐下来开始演奏。野性，肉麻，光怪陆离，如同他们的整个生

活一样，没有一丝一毫理性的机械美。我周围的人做得对，他们都在大笑。只有少数人……可是为什么我也在其中？我？

对，癫痫——精神病——疼痛……舒缓而甜美的疼痛——蜂蜇，但愿蜇得再深些、再痛些。这时有一个太阳缓缓升起。不是我们的太阳，不是那个蓝晶晶的、将光线均匀地射进玻璃墙砖的太阳，不是的。这是一个野性的、飞驰的、炙热的太阳——它让你急欲脱掉身上的一切，把这一切撕成碎片。

坐在我一旁的那一位，朝左面瞥了我一眼，发出一声嘻嘻的冷笑。不知怎么的，我清清楚楚地记住了这个情景：只见他的嘴唇上冒出一颗微型的唾液泡，随即破裂。这个小泡泡使我顿时清醒。于是我又是原先的我了。

此时我和所有在座者一样，听到的只是一片急促而嘈杂的琴弦声。我笑了，心情变得轻松自如。这位有才华的录音讲师把野蛮时代描述得绘声绘色——如此而已。

后来我听了我们的当代音乐（作为对比，结尾时演示了我们的当代音乐），那才是一种享受呢！那时合时分的无穷的行列发出的水晶般清晰的半音音阶，以及那泰勒[1]和麦克劳林[2]公式的整合和弦，那毕达哥拉斯短裤[3]、厚重的二次方

---

[1] 泰勒（Brook Taylor, 1685—1731），英国数学家，创立了泰勒公式。
[2] 麦克劳林（Colin Maclaurin, 1698—1746），苏格兰数学家，著有数学分析、曲线理论等方面的著作。
[3] 这是对毕达哥拉斯创立的勾股定理的谑称。

全音转调，那衰竭震颤运动的忧郁旋律，那随着由许多个休止组成的夫琅禾费谱线①而变换着的明快节拍——行星的光谱……气势多么磅礴！章法多么严谨！而古代人的音乐随心所欲，毫无规则，无非是一些野性的狂想，这种音乐多么渺小可怜……

我们大家和往常一样，四个人一列，排着整齐的队列从大课室宽大的门里走了出来。一个熟悉的、双折弯的身影从我身边闪过。我毕恭毕敬地对他行了个礼。

再过一个小时，可爱的O-90就该到了。我感到激动，那是一种愉快而有益的激动。回到家里，我赶快跑进管理处，把自己的一张粉红色票券交给值班员，领到一张准许拉幔帘的证明。在我们国家，只在性生活日这一天号民才享有这种权利。我们的房子是透明的，墙壁仿佛是用发光的空气编织而成的，大家都总是在光天化日之下，总是在众目睽睽之下。我们彼此之间没有什么可以隐瞒的。况且这样可以减轻护卫们艰苦而崇高的劳动，否则不知会闹出什么事情来呢。古代人的住房很奇怪，而且不透明，或许正是这种住房造成了他们可怜的笼中鸟心理。"我的（sic②！）房子就是我的城

---

① 即太阳和恒星光谱中的吸收谱线。德国物理学家夫琅禾费（J. Fraunhofer, 1787—1826）于1814年对这种谱线做了详细描述，因而它被命名为"夫琅禾费谱线"。

② 拉丁语，意即"原文如此"，这里表明主人公对他引用的这句谚语中"我的"一词不以为然，因为在大一统国人眼里，没有什么东西是属于个人的。

堡"——这种话他们也真想得出来！

21点，我拉下幔帘，就在这当口儿，O-90有些气喘吁吁地走了进来。她把粉红色的小嘴凑过来，并且递过来一张粉红色的小票。我撕掉了票据，却摆脱不掉她粉红色的嘴巴，直到最后一刻——22点15分。

然后我给她看了我的"笔记"，并和她谈了平方美、立方美、直线美，我觉得谈得很好。她一直在听着，脸上泛起迷人的粉红色，突然她的蓝眼睛里涌出泪珠，一颗，两颗，三颗，正滴在打开着的那页（第7页）稿纸上。字迹被洇得模糊了。咳，只好重抄一遍了。

"亲爱的Д，只要您，只要……"

"只要"什么？"只要"什么啊？又是老生常谈：生孩子。不过也许是一个新的话题——是有关……有关那个女人的话题？虽说这件事好像……不，这未免太荒唐了。

笔记之五

提要：正方形。世界的主宰。愉快而又有益的功能。

我又搞错了。未知的读者，我和您这样谈话，好像您就是……比如说，好像您就是我的老朋友R-13。他是一位诗人，嘴唇厚厚的，像黑人。是的，人人都知道他。可您是在月球、金星、火星或者水星上。谁知道您，谁知道您在什么地方，又是何许人。

请您设想一下，有一个正方形，一个很有生气的、顶呱呱的正方形。人家要它谈谈自己和自己的生活。您一定明白，它脑袋里想得最少的就是应该谈到它的四个角相等。这个现象是那么司空见惯、习以为常，他简直视而不见。我就是经常处于这种正方形状态。就说这粉红色票券以及与它相关的一些事吧。对于我而言，这不过是像正方形四角相等那么简单，但对于您而言，这可能比牛顿二项式更叫人摸不着头脑。

让我来说明一下。古代的一位贤哲碰巧说出了一句至理名言："爱情和饥饿主宰世界。"Ergo[1]：人欲主宰世界，必先制服世界的主宰。我们的祖先付出了高昂的代价才终于制服了饥饿。我指的是伟大的二百年大战，那是一场城乡之间的战争。那些野蛮的基督徒们多半是出于宗教偏见，死守着他们那种"面包"[2]不肯罢手。但是，大一统国建国前三十五年发明了我们今天的石油食物。诚然，全球只有 20% 的人口得以幸存，然而，地球的面貌在清除了千年污秽之后变得多么

---

[1] 拉丁语，意即"因此""故此"。
[2] 这个词在我们这里仅仅作为诗歌语言保存下来，因为这种物质的化学成分我们并不了解。——作者注

光彩夺目。而且，这 20% 的居民，在大一统国的华屋美厦中尝到了快活之甘美。

但是，快活和妒忌是幸福这个分数的分子和分母，这一点是很明显的。如果我们的生活中仍旧保留着妒忌的缘由，那么二百年大战中无数人的牺牲还有什么意义呢？然而妒忌的缘由依然存在，因为鼻子依然有"纽扣式"和"古典式"之别（参见我们那次散步时的谈话），因为一些人有多人示爱，另一些人却无人问津。

大一统国征服了饥饿（代数学意义的饥饿 = 外在福利之总和），便理所当然地向世界的另一个主宰——爱情发起攻击。这一自然力最终也被战胜，也就是说它有了组织形式，被纳入数学的轨道。大约三百年前颁布了我国具有历史意义的 Lex sexualis[①]："每个号民，对任何一个号民，如同对性产品一样，都享有权利。"

下一步就是技术性问题了。您在性事务管理局的化验室接受一次周密的检查，人家为您精确地测定血液中性荷尔蒙的含量，并为您列出一张性生活日安排表。然后您再提出申请，说明您希望在自己的性生活日享用某一位号民（或某几位号民），并领到一本票券（粉红色）。这就是全部手续。

[①] 拉丁语，意为"性法典"。

很显然，一切引起妒忌的理由都不复存在了。幸福分数的分母化为零，而分数也随之变成绝妙的无穷大。曾经为古代人酿成无数极其愚蠢悲剧的那种东西，在我们这个时代转化为机体和谐、愉快而又有益的功能了，这就和睡眠、劳作、进食、排泄及其他功能一样。由此可见，逻辑的伟大力量足以净化它所接触到的一切。啊，不相识的人们，如果你们也能体验一下这种神奇的力量，如果你们也能学会始终不渝地遵循它，那就好了。

……真是奇怪，我今天所写的都是人类历史上最高的峰顶，我所呼吸的一直是高山上最洁净的思想空气，可内心却阴云密布，纷乱如麻，好像还压着一个十字架——一个四只爪子的X。也许这是我的爪子，之所以有这种感觉，就是因为它们——我那毛茸茸的爪子老在我眼前晃来晃去。我不喜欢谈到它们，我不喜欢它们。因为这是野蛮时代遗留下来的痕迹。莫不是我身上真的有……

我原本想把这些话涂掉，因为这些话超出了本篇提要的范围。后来却又决定不涂掉。让我的笔记像一台高度精密的地震仪，把大脑最微小的震动都用曲线记录下来，因为这种微小的震动往往正是一种先兆，预示着……

这可太离谱了，这句话倒是应该抹掉，因为我们已经把一切自然力都整治得有条不紊，任何灾变都是不可能发生的。

现在我完全明白了，我内心的异样感觉全部来自我开头讲过的我所处的正方形状态。我身上并不存在 X（这绝不可能），我只是担心你们，我不相识的读者们，唯恐你们身上会残留某一个 X。但是，我相信你们不会过分苛求于我的。我相信，你们能够理解，在整个人类历史长河中，从未有一位作者像我这样感到写作之艰难。有的作者为当代人而写作，有的作者诉诸后代人，却从没有人为祖先而写作，或者为那些与他们未开化的远古祖先相似的生灵……

笔记之六

提要：意外事件。该死的"很明显"。24 小时。

我重申，我把毫不隐瞒地如实记述视为自己的责任。因此，尽管令人痛心，我仍然必须在这里指出，即使在我们这里，生活的固态化、结晶化过程显然也还没有完成，距离理想境界还有若干个梯级。理想境界只存在于不发生任何意外的地方，但是在我们这里……说来真是很扫兴，今天我在《国家报》上读到一条消息，说两天后立方体广场将举行公判大典。一定又是哪个号民破坏了伟大的国家机器的正常运转，又发生了一起未曾预见到的、未曾计算出来的事件。

另外我本人也出了点事。虽说这事发生在个人时间，即专为应付意外情况安排的时间，但毕竟是……

大约 16 点（确切地说，16 点差 10 分）的时候我正在家里。突然电话铃响了。

"您是 Д-503 吗？"是一个女人的声音。

"是的。"

"有时间吗？"

"是的。"

"我是 I-330。我现在就起飞去接您，我们一起去古屋博物馆。您同意吗？"

I-330……这个 I 令我恼火，令我讨厌，又几乎令我害怕。但是，正因为这样，我反倒说了句"同意"。

五分钟之后我们已经坐上了飞车[①]。五月的晴空蓝得像陶器的彩釉。光线柔和的太阳驾着它金灿灿的飞车尾随着我们，既不超前，也不落后。但是，在我们的前方却有一块翳障似的白云，胖鼓鼓的，怪兮兮的，就像古代丘比特的脸颊。这种情景不知怎么使人觉得不得劲儿。飞车的前风挡摇了起来，风迎面刮来，让人嘴唇发干，你不由自主地老去舔它，并且老在想着嘴唇。

---

① "飞车"原文为"аэро"，是一个杜撰的词，从文中看，是一种类似飞机，但无须起降场地的市内交通工具。

远处一个个模糊的绿色斑块已经隐约可见——那是在长城的外面。接着心脏不由得略微抽紧，飞车在下降，仿佛从陡峭的山坡上一直向下滑落。我们终于到达了古屋。

这幢奇怪的、弱不禁风的、黑洞洞的房屋完全罩在一个玻璃外壳下面，要不然肯定早已坍塌了。玻璃门旁有一个老太太，她满脸皱纹，尤其是那张嘴巴，密密麻麻尽是皱褶、细纹，嘴唇已经瘪进去，嘴巴好像封死了——叫人简直无法相信她还能张口说话。然而她却开口说话了。

"怎么，亲爱的，你们是来看我的房子吧？"只见她的皱纹放射着光芒（就是说，多半是因为这些皱纹呈辐射状，以至于看上去好像"放射着光芒"）。

"是啊，老奶奶，又想来看看。" I-330 对她说。

皱纹又射出了光芒：

"多么好的太阳，啊？你说啥？嗨，你这调皮鬼，嗨，你这调皮鬼。我懂，我懂！行啦，你们自己进去吧。我还是待在这儿晒晒太阳，多好……"

哼，我的这位女伴一定还是这里的常客呢。我身上总像有个东西甩也甩不掉，总觉得很不得劲儿。这大概还是那个挥之不去的视觉形象——蓝得像彩釉的天空中那块云在作怪的缘故。

当我们顺着宽阔、阴暗的楼梯上楼的时候，I-330 说：

"我爱她——那个老太太。"

"爱她什么？"

"我说不好。可能是……爱她的嘴巴。也可能……没有什么原因。无缘无故。"

我耸了耸肩。她似笑非笑地继续说下去：

"我感到十分惭愧。很明显，不应该'无缘无故地爱'，而应该'为了某种缘故而爱'。一切自然都应该是……"

"很明显……"我刚一开口就发现这句话说漏嘴了，便偷看了 I-330 一眼：她是不是觉察出来了？

她正在朝下看着什么，眼睑像窗帘一样垂下来。

我脑海里浮现出这样的情景：夜晚 22 点左右，每当你从大街上走过，都会看到，灯火通明的透明方格之间夹杂着拉下墙幔的黑暗方格，而在墙幔的后面则是……她的眼帘后面是什么呢？为什么她今天打来电话呢？这一切都是为了什么呢？

我推开一扇不透明的、沉重而又吱呀作响的门，我们便走进一个昏暗的、不成格局的住所（他们把这种东西叫作"公寓套房"）。这里摆放着那个怪模怪样的"王室乐器"[①]。所有什物的色彩和造型都像那次听过的音乐一样，野性十足，驳杂

---

① 即三角钢琴，参见"笔记之四"。

无序，几近于疯狂。头顶上是白色的平面，四周围是深蓝色的墙壁。那红的、绿的、橙黄的，是古代的书籍。那些黄铜制品是枝形烛台和佛像。家具的线条像癫痫病发作一样，扭曲难看，任何方程式都无法把这种线条表示出来。

这种混乱的景象我简直受不了，但我的女伴看来身体比我强健。

"这是我最喜欢的一套……"她好像突然发觉自己说错了话，便露出一副蜇人的笑容和满口锋利的白牙齿，"准确地说，这是他们的'公寓房'当中最荒唐的一套。"

"也许把它叫作'国家'更为贴切，"我纠正说，"它是成千上万微型国家当中的一个，它们永远争战不休，并且残酷无情，就像……"

"可不是吗，这很明显……"看样子，I-330说这话很认真。

我们穿过一个房间，那里放着几张儿童用的小床（那个时代，孩子也是一项私有财产）。然后又是一个个房间，里面有亮光光的镜子、灰溜溜的柜子、花哨得不堪入目的沙发、硕大的"壁炉"、红木制作的大床。我们现在那种优质透明、经久耐用的玻璃，到了这里只不过充当可怜巴巴的、易破碎的方形小窗而已。

"真难以想象，人们曾经在这里'无缘无故地爱'，在这里发狂，在这里折磨自己……（她眼睛的窗帘又垂下了。）这叫作人类精力的无谓浪费，不是吗？"

她仿佛在为我代言，她说的正是我所想的。但是，她的笑容始终隐含着那个恼人的 X。她眼帘里面好像隐藏着什么，究竟是什么，我不得而知，但是这个"什么"总使我忍不住要发作。真想和她吵一架，真想冲她大声吼叫（对，冲她大声吼叫），但是又不得不表示同意，因为她的话叫人不可能不同意。

我们在一面镜子前停了下来。这时我看见的只是她的眼睛。我头脑中闪现出这样一个念头：其实人的构造和这些荒唐的"公寓房"一样，也是那么不合情理。人的脑袋也不透明，里面也只有两扇小小的窗户——眼睛。她似乎猜到了我的想法，把身子转了过来。"看吧，这就是我的眼睛。怎么样？"（她这话当然没有说出口。）

我面前是两扇黑洞洞而又可怕的窗户，那里面是一种如此陌生、如此异样的生活。我只看到一堆火（那里面有一个独特的"壁炉"在熊熊燃烧）和几个人影，这人影很像……

这当然很正常：我从那里面看到的是我自己的影子。但是，下面这种现象却不正常，不合我的个性（显然是周围的环境使人感到压抑）：我觉得自己是被人逮住的，关进了这个荒唐的笼子，我觉得自己被卷入了古代生活怪诞的旋涡。

"这样吧，"I-330说，"您先出去到隔壁房间待一会儿。"她的声音是从黑洞洞的眼睛窗户里传出来的，那里正燃着壁炉。

　　我走进隔壁房间，坐了下来。墙壁的吊架上，一位古代诗人（好像是普希金）长着高鼻子的不对称的脸，正迎面朝着我，脸上挂着一丝难以觉察的微笑。我干吗就这样呆坐在这里低三下四地忍受这种微笑？这一切都是为了什么——我为什么来到这里，为什么陷入这种荒唐的境地？这个令人恼怒、令人讨厌的女人，这种莫名其妙的表演……

　　那边衣柜门砰地响了一声，接着是一阵丝绸的窸窣声，我勉强地克制住自己，否则就跑过去了——跑过去干什么，我记不大准确了，大概是想痛骂她一顿。

　　但是，她已经走了出来。身上穿着一件嫩黄色老式短裙衣，头戴一顶黑色宽檐帽，脚上穿着一双黑色长筒丝袜。裙衣是用薄质丝绸缝制的——我看得很清楚，那丝袜长得很，高过膝盖许多，脖颈是袒露着的，两个……之间有一道阴影……

　　"这很明显，您是想独出心裁，难道您……"

　　"这很明显，"I-330打断了我的话，"独出心裁就是设法使自己与众不同。因此，独出心裁就意味着破坏平等……至于古代人愚蠢的语言中所谓的'随俗'，对我们来说只是履行义务而已。因为……"

"对，对，对！正是这样，"我按捺不住了，"所以您何必，何必……"

她走到那个高鼻子诗人的雕像前，又垂下眼睛上的窗帘，遮住了那里面野性的火焰。她这一次据我看是十分严肃地（也许是为了缓和我的情绪）说出了几句非常在理的话：

"从前人们竟容忍这样的诗人，您不觉得这很奇怪吗？人们不但容忍，而且还崇拜他们。真是奴性十足！您说对吗？"

"这很明显……我是想说……"（这个该死的"很明显"！）

"是呀，我懂。其实这是比他们那些加冕的帝王更强有力的霸主。为什么那些帝王不把他们关起来，不把他们除掉呢？在我们国家……"

"是的，在我们国家……"我刚刚说了这么一句，她就突然哈哈大笑起来。这笑声我简直可以用眼睛看得见——那是一条声音洪亮、急剧上升、柔韧如鞭条的曲线。

记得我当时全身在颤抖，真想一把揪住她，然后把她……把她怎么样，我记不清了。总得做点什么——什么都无所谓。我下意识地打开了我的金色号牌，看了看表。17点差10分。

"您不认为已经该走了吗？"我尽量把话说得很客气。

"如果我请求您留下来和我在一起呢？"

"听我说……您明白您在说什么吗？10分钟后我必须赶到大课室……"

"……'全体号民都必须去听法定的艺术和科学课'……"I-330学着我的腔调说。然后她拉起窗帘——抬起眼睛，那两扇黑洞洞的窗户里面壁炉在熊熊燃烧。"我在医务局有一个大夫，他是登记在我名下的。我要是去求求他，他会给您开一张假条，证明您生病了。怎么样？"

我明白了。我终于明白了这套把戏的目的何在了。

"原来是这样！您可要知道，照道理我应当和每一个正直的号民一样，立刻就去护卫局，并且……"

"如果不照道理呢？（又是一个蜇人的微笑）我非常想知道，您是去护卫局还是不去呢？"

"您留下来吗？"我抓住门的把手。那门把手是铜制的，而我听见自己的声音也是铜声铜气的。

"请您等一下……可以吧？"

她走到电话机旁，说她找某某号民（我由于太激动而没有记住是哪个号民），然后大声说：

"我在古屋这里等您。对，对，就我一个人……"

我转动冷冰冰的铜把手：

"我可以用一下飞车吗？"

"噢，那当然！请吧……"

门外那个老太太正在阳光下面打瞌睡，就像一株植物。令人奇怪的是，她那张封死了的嘴巴又张了开来，又说话了：

"您的那位……怎么，她一个人留下了？"

"一个人。"

老太太的嘴巴重又封合起来。她摇了摇头。看来，连她那日渐衰退的大脑也明白，这个女人的行为是何等荒唐而又危险。

17 点整我到了大课室。就在这时，我不知为什么忽然想起我对老太太讲的不是真话。I-330 现在并不是一个人在那里。我无意中欺骗了老太太。也许正是这件事搅得我心神不宁，无法听课。是的，她不是一个人，问题的关键就在这里。

21 点 30 分以后我有一个小时的自由时间。本来今天就可以去护卫局举报，但是，经历了这件蹊跷事之后，我感到精疲力竭。更何况法律规定的举报期限是两昼夜，我明天去也不为迟：还有整整 24 小时呢。

笔记之七

提要：一根睫毛。泰勒。天仙子①和铃兰②。

夜。绿色，橙色，蓝色；一架"王室乐器"；橘黄色的裙

---

① 天仙子是一种有毒的草本植物。
② 铃兰是多年生草本观赏植物。

35

衣。然后是一尊铜佛像，它突然掀起眼睫毛。从佛像里流出汁液，橘黄色裙衣也流出汁液，镜面上淌着一滴滴的汁液，大床和儿童床都在冒出汁液，现在连我自己也在流汁液。随后是一阵令人丧胆而又销魂的恐怖……

我从梦中醒来。眼前是一片柔和、淡蓝的光；玻璃墙壁和玻璃桌椅闪闪发光。这使我平静下来，心不再怦怦跳了。汁液，佛像……怎么会这么荒诞？很明显，我病了。我从前一向都不做梦。据说，做梦是古代人最平常、最正常的现象。这倒也是，他们的生活无非就是这么一盘令人眩晕的大杂烩：绿色——橙色——佛像——汁液。可是我们知道，梦是一种严重的精神疾病。而且我知道，在此以前，我的大脑曾是一部调校得像天文钟一般精准的机器，它光洁明亮，一尘不染，可是现在……对，现在的情形却是这样：我觉得大脑里有个异物，仿佛眼睛里掉进了一根细细的睫毛。全身哪里都没事，可是眼睛里这根睫毛却让你一时一刻也无法忘记……

床头响起清脆而欢快的铃声。7点，该起床了。透过左右两侧的玻璃墙望过去，我所看见的仿佛就是我自己、我自己的房间、我自己的衣服、我自己重复千百次的动作。当你看到自己是一个巨大、有力、统一的身躯的一个部分时，你会为之振奋。这真是一种毫发不爽的美：这里没有一个多余的手势，没有一个多余的转身弯腰动作。

是的，这位泰勒无疑是一位最有天才的古代人。不过，他没有想到把他的方法推行到整个生活中去，推行到每一个步骤中去，推行到一天24小时中去。他没能使他的体系实现0点至24点的一体化。但尽管如此，他们怎么可以为一个名叫康德的什么人撰写了卷帙浩繁的著述，却对泰勒这位能够预见到十个世纪以后的先知几乎置之不理呢。

吃过了早饭。齐声唱过了《大一统国国歌》。四人一列，齐步走向电梯。电机发出细微的、几乎听不见的声响，于是急速向下，向下，再向下，心脏感到有些抽紧。

突然之间，不知为什么那个荒诞的梦境又显现出来，也许这只是那个梦的某种未知的功能吧。噢，对了，昨天乘飞车下降时也是这样的。不过这一切都结束了。画上了句号。幸好我对待她的态度还是坚决而果断的。

我乘坐风驰电掣的地铁车赶往施工现场——"一体号"停放在那里，它那绰约多姿的身躯还未被火赋予活力，还一动不动地待在装配台上，在阳光下闪闪发光。我闭起眼睛，神驰于各种公式之间：我再次默算"一体号"飞离地球需要多大的初速。"一体号"的质量随着每秒钟最微小的推移而发生变化（在消耗着爆炸性的燃料）。结果得出来的是一个非常复杂的、含有各种超数值的方程式。

我仿佛在梦幻中感觉到，在实实在在的数字世界这里，有一个人落座在我身旁，轻轻地碰了我一下，并道了声"对不起"。

我略微抬起眼皮。起初（"一体号"产生的联想）我觉得似乎有个什么东西迅疾飞向空中。那是一颗头颅，它在飞，是因为它的两侧竖着像翅膀似的粉红色招风耳。然后是悬空的后脑勺的曲线，是驼背，是有两道折弯的 S 形身躯。

透过我的代数世界的玻璃墙，我重又感觉到那根睫毛——一件令人不愉快的事，这就是今天我必须……

"没关系，没关系，您别介意。"我对邻座这位笑了笑，并且欠了欠身向他致意。他胸前的号牌上印着亮闪闪的号码——S-4711（我明白了我为什么自最初一刻起就把他和字母 S 联系在一起了：这是未被意识记录下来的视觉印象）。他的眼睛也射出两道亮闪闪的光，就像两个细细的螺旋钻头，只见它们旋转得越来越快，钻得越来越深，马上就要钻到最底层，就要窥见我甚至不敢对自己提起的……

我突然醒悟，这根眼睫毛原来就是他，是一名护卫。因此最简单的做法是，当机立断，马上把一切向他和盘托出。

"我……您猜怎么样，我昨天去了古屋。"我的声音很奇怪，沙哑而拘板。我试着咳了几下。

"这有什么……很好嘛。您可以从中得到供吸取教训的材料。"

"可是您不知道，我不是一个人去的，是陪号民 I-330 去的，所以……"

"I-330？我为您感到高兴。她可是一个非常迷人而又有才华的女人。崇拜她的人多得很呢。"

原来他也是其中的一个啊……那次散步的时候……说不定他还是登记在她名下的吧？不，把这种事告诉他可不行，绝对不行。这很明显。

"对，对！当然，当然！她非常……"我满脸堆笑，笑得越发过分，越发失态。我觉得这笑容使我显得很狼狈，很愚蠢。

两只小钻头一直钻进我的心底，然后又飞快地旋转着，退回到眼睛里；S-4711 不阴不阳地笑了笑，朝我点了点头，疾步走向车厢门口。

我用报纸把脸挡住（我觉得人人都在看我），很快就忘记了眼睫毛，忘记了小钻头，忘记了一切——从报上读到的消息让我激动不已。这条消息只有短短的一行字："根据可靠情报，一个迄今未查获的组织重又露出蛛丝马迹，该组织的宗旨是要冲破大一统国的造福枷锁，争取解放。"

"解放"？真是奇怪，人类的犯罪本能竟然如此根深蒂固。我有意识地使用了"犯罪"这个词。自由和犯罪是密不可分的，这就像……对，这就像飞车的飞行和飞车的速度：飞车的速度等于零，则飞车飞不起来；人的自由等于零，则人就不去犯罪。这个道理很明显。使人不去犯罪的唯一办法，就是把他从自由中解脱出来。我们刚刚得到解脱（以宇宙的规模而言，几个世纪当然只不过是"刚刚"而已），却突然又冒出这种可怜的智能退化分子……

不，我不明白，我昨天为什么没有立即就去护卫局。今天 16 点以后一定要去……

16 点 10 分我走出去，在街角处撞上了 O-90，她因为这次相遇满脸堆着粉红色的喜悦。她这个人倒是头脑简单而又圆通。这可真是凑巧：她会理解并支持我的。不过也没有必要，我并不需要别人支持：我自己打定了主意。

音乐工厂的铜管乐器齐鸣，奏响了天天如是的进行曲。这种天天如是，这种循环往复，这种镜像般逼真的模仿具有无法诉诸语言的魅力！

O-90 拉住我的手。

"散步去。"两只圆圆的蓝眼睛睁得大大地望着我——那是两扇通向内心的窗户，于是我畅行无阻地闯入其中，因为那里面空无一物，我的意思是说，那里面没有任何无用的杂物。

"不，不去散步。我必须去……"我告诉了她我要去哪里。令我吃惊的是，她那张嘴巴由粉红色的满月一下子变成了粉红色的弯月，并且两个尖角朝下，那模样就好像吃了什么酸东西似的。我一下子火冒三丈。

"你们这些女性号民，看来是被偏见毒害得无可救药了。你们根本不会逻辑思维。别怪我说话不客气，这叫作头脑迟钝。"

"您是去找特务……呸！可是我还在植物博物馆给您折了一枝铃兰呢……"

"为什么说'可是我'，为什么用'可是'这个词？完全是女人的习气。"我气急败坏地（这我承认）夺过她的铃兰，"这是您的铃兰，对吧？您闻一下，很香，对吧？您哪怕只有这么一点点逻辑性也好嘛。铃兰很香，没错！但是您总不能说'气味'这个概念本身是好是坏吧？您——不——能——说，对吧？有铃兰的香味，也有天仙子的臭味，两者都是气味。古代国家有过特务，我们国家也有特务……是的，有特务。我不怕用这个词。但是，道理很明显，他们那里的特务是天仙子，而我们这里的特务是铃兰。是的，是铃兰，是的！"

粉红色的弯月在颤抖。现在我才明白，这只是我的错觉，而当时我确信她会大笑出来的。于是我更加提高了嗓门：

"是的，是铃兰。这没什么可笑的，没什么可笑的！"

一颗颗像气球一样圆圆的、光光的脑袋从身旁晃过，并转过来看我们。O-90亲昵地挽起我的手臂：

"您今天有点……您不会是病了吧？"

梦——黄色——佛像……我马上明白了，我应该去医务局。

"是的，我真的病了。"我说这话时十分高兴（这简直是无法解释的矛盾：并没有什么可高兴的嘛）。

"那您现在就应该去看医生。您自己也明白，您必须保持身体健康，跟您解释这其中的原因就未免太可笑了。"

"好，我亲爱的O，您说的当然有道理。绝对正确！"

我没有去护卫局，这是没有办法的事，我不得不去医务局，在那里我一直耽搁到17点。

而晚上（反正也无所谓了，晚上那边已经关门了），晚上O-90来到我这里。墙幔没有拉下来。我们一起演算一本古老习题集里面的算题：这很能使头脑平静下来，并得到净化。O-90坐在那里，身子伏在练习本上，头歪向左侧，舌头抵着左边腮帮，专心致志地演算。这副模样是那么天真无邪，柔美动人。而我内心的感觉也是那么美好，那么精确，那么单纯……

她走了。剩下我一个人。我做了两次深呼吸（这在睡觉之前是很有好处的），突然闻到一股怪味，使人联想到某件非常不愉快的事……我很快找到了原因：我的被褥里藏着一枝铃兰。霎时间我心中有如狂风骤起，倒海翻江。不，她简直太不像话了，竟敢把这些铃兰花偷偷塞给我。是的，我没有去那个地方，是的。但是我病了，这可不是我的罪过。

笔记之八

提要：无理根。R-13。三角形。

我第一次遭遇 $\sqrt{-1}$，那是很久以前上中学时候的事了。这件事我记得很清楚，仿佛刻印在脑海里：一间明亮的圆球形大厅，数百个脑袋滚圆的孩子，还有"噼里啪啦"——我们的数学老师①。"噼里啪啦"是我们给它起的绰号。它已经被用得太旧了，都快散架了。每当班级值日生把插头插在它背后时，扩音器总是先传出一片"噼里啪啦——咝……"，只是在这之后才开始讲课。有一天"噼里啪啦"给我们讲到无理数。我记得，我当时用拳头敲打书桌，又哭又喊地说："我不要 $\sqrt{-1}$！把 $\sqrt{-1}$ 拿开！"这个无理根就像一个邪恶的、可怕的异物，植根于我的体内。它使我痛苦。我琢磨不透它。因为它超出理性的范围，又无法攻克它。

---

① 可能是一种类似机器人的智能装置。

现在这个$\sqrt{-1}$又出来了。我把自己写下的笔记读过一遍之后看清楚了，我为了逃避这个$\sqrt{-1}$而言不由衷，对自己说谎。什么生病之类的说辞，那都是鬼话。我是能够去那个地方的。假如事情发生在一周以前，我肯定会毫不犹豫地去那个地方。那么现在为什么不能去了呢？……为什么？

就说今天吧。正好16点10分，我已经站在那堵晶亮的玻璃墙外。头顶牌子上"护卫局"几个字像太阳一样闪着金色的光辉。墙内是一条蓝灰色统一服的长龙。一张张面孔容光焕发，很像是古代神殿里的一盏盏油灯。他们来到这里是为了实现一项壮举：向大一统国献上自己的亲人、自己的朋友、自己本人。我全身心渴望加入到他们中间去，可是……我做不到。我的两只脚好像融入了人行道上的玻璃砖。我只是呆呆地站在那里，一动也不动。

"喂，数学家！在那儿想心思吗？"

我身子一抖。一双黑眼睛含笑注视着我。两片黑人般的厚嘴唇！他是我的老友，诗人R-13，和他一起的那位是粉红色的O-90。我气冲冲地把头扭了过去（我始终确信，要不是他们来到这里，我肯定就去了护卫局，并且把我肉里的$\sqrt{-1}$拔掉了）。

"根本不是在想心思。如果您想知道，我这是在表达崇敬之情。"我话里带刺地回敬了一句。

"噢，那当然，那当然！老朋友，您不应该当个数学家，您应该当个诗人，当个伟大的诗人。对了，您就改行来当诗人吧。怎么样？如果您愿意，我马上就把这事办妥。怎么样？"

R-13说话一向很快。他的话滔滔不绝，两片厚嘴唇喷洒着唾沫星子。他每当说到"п"这个字母，每当说到"诗人"这个词①，都唾沫飞溅，活像个喷泉。

"我一直都在做学问，并且将继续做下去。"

我皱起眉头表示不满。我不喜欢也不懂开玩笑，而R-13偏偏有个好开玩笑的坏毛病。

"哼，让学问见鬼去吧。您那一套被大吹特吹的学问无非就是一件掩饰胆怯的外衣。事实如此！的确，您想用一堵围墙把无穷大隔离起来，而不敢看一眼墙外。如果您看一眼墙外，就会头昏目眩而把眼睛闭起来，是的……"

"墙是每个人安身立命的根基……"我正说到这里，R-13扑哧一声，喷出一股唾沫。O-90则满脸堆起圆圆的粉红色笑容。我摆了摆手说："你们尽管笑好了。我不在意。"我脑袋里正在想别的事。我必须想个办法，除掉这个$\sqrt{-1}$，消灭它。于是我提议："咱们都去我那儿吧，一起做做算术题。"

---

① 俄语中"诗人"（поэт）一词的第一个字母就是爆破辅音"п"。

（我想起了昨天晚上度过的那个宁静的时刻，或许今天也会……）

O-90看了看R-13，然后又睁圆眼睛平静地看了看我。她的脸颊上泛起了我们的粉红色票券那种柔和而可人的色彩。

"可是我今天……我这儿有一张今天去他那里的票券。"（她向R-13递了个眼色。）"不过他今晚有事，所以……"

他翕动着湿润的嘴唇，轻声轻气地说："我们只要半个小时就够了。O，你说是不是？对您的算术题我可没有那么大兴趣。还是到我那里去聊聊天吧。"

我害怕和自己待在一起，确切地说，我害怕和陌生的新我待在一起，而这个新我仿佛是由于奇怪的巧合才和我一样也用了"Д-503"这个号码。于是我随R-13去了他那里。虽说他不是一个一丝不苟、有板有眼的人，他的逻辑滑稽可笑、颠倒混乱，但我们毕竟……三年前，我们两人都选中了可爱的、粉红色的O-90。这一点比当年的同窗之谊更加密切了我们之间的关系。R-13房里的一切都和我房里的一模一样：《作息条规》、玻璃桌椅、玻璃柜、玻璃床。但是，当我们进来时，R-13把几把椅子从原地移开，于是整个房间变得杂乱无章，每一件东西都好像离开了固定的位置，都违背了欧氏几何定律。R-13一如从前。他的泰勒理论课和数学课成绩一向是全班的最后几名。

我们回忆起"噼里啪啦"。我们这些男生常常在它的玻璃腿上贴表示感谢的小字条（我们大家都爱"噼里啪啦"）。我们还回忆起法律老师[①]（当然，我们学习的并不是古代宗教的"律法"，而是大一统国的法律）。我们的法律老师嗓门很大，扩音器简直是在刮风，而我们这些孩子们都扯着嗓子跟随它念课文。有一次，胆大包天的R-13在扩音器的喇叭里塞满了纸团，老师每念一句课文，就弹出一个纸团。R-13当然受到了惩罚。他的这种行为当然很恶劣。可是现在我们这个"三角"都哈哈大笑。我承认，我也在其中。

"要是它也像古代老师那样是个活人，那该是怎样一种局面呢？"他说到字母"Б"时，那两片厚嘴唇又那么扑哧扑哧地在喷口水……

太阳从天花板和墙壁照进来。头顶上是太阳，四周是太阳，脚下还是太阳——那是太阳的反光。O-90坐在R-13的膝盖上，两只蓝眼睛里也闪着两个小太阳。我冰冷的身子好像一下子温暖起来，舒展开来。$\sqrt{-1}$也好像熄了火，不再动弹……

"您的'一体号'怎么样了？我们很快就要飞上天去启蒙

---

① 原文是由"法律"和"教师"两个词合成的。原意并不是指教授世俗法律，而是指教授宗教教义和教规（特别是基督教律法）的老师。在中文中没有相应的对等词，为了照应下文，只得按字面译成"法律课老师"。这个"法律老师"和绰号为"噼里啪啦"的"数学老师"一样，也是一种智能机器。

那些外星人了，是不是？加紧干吧！要不然我们诗人会写得好多好多，您的'一体号'可就载不动了。我们每天从8点到11点……"R-13摇了摇头，搔了搔后脑勺。他的后脑勺活像只捆在车后边的小方木箱（这让人想起一幅题为"在马车上"的古画）。

我兴头上来了：

"您也在为'一体号'写呀？您说说您都写些什么？比如说今天吧。"

"今天吗，什么都没写。我在忙一件别的事……"说到"Б"字时，口水直溅到我的脸上。

"一件什么事啊？"

R-13皱了皱眉头：

"什么事，什么事！如果您一定想知道，我就告诉您。是改写一份死刑判决书。我把这份判决书改写成诗歌体。有那么个白痴，也是我们诗人这个圈子里的，我和他在一起有两年了，好像也没有什么不对头的地方。可是他突然扬言：'我是个天才，而天才是大于法的。'而且还胡乱写了些东西……唉，说这些还有什么用……"

R-13的厚嘴唇下垂着，眼里失去了光泽。他霍地站了起来，转过身去，隔着玻璃墙凝视墙外。我看着他脑后那只紧锁着的小箱子，心里暗想：他此刻正在那只小箱子里翻检着什么呢?

尴尬难堪的冷场一直持续了一分钟。我不明白这是怎么一回事,但我肯定其中必有原因。

"很幸运,莎士比亚、陀思妥耶夫斯基,或者别的什么人所生活过的野蛮时代已成为过去。"我故意大声说。

R-13转过脸去。他的话仍旧滔滔不绝地喷射着,飞溅着,但我觉得,他眼睛里已经没有了快活的亮泽。

"是的,我最亲爱的数学家,很幸运,很幸运,很幸运啊!我们是最幸运的算术平均值……照你们的行话说,这叫作从零到无限大的积分,从呆小病患者到莎士比亚的一体化……就是这么回事!"

不知为什么我突然想起了那个女人和她说话的腔调(这好像完全不是时候)。她和R-13之间连着一条细细的线。(什么线?)$\sqrt{-1}$又在蠢蠢欲动了。我打开了号码牌的小盒一看:16点25分。他们粉红色票券上的时间还有45分钟。

"哦,我该走了……"我吻过O-90,握过R-13的手,便朝电梯走去。

到了大街上,当我穿过马路来到街对面时,回过头来看了一眼:在那座被阳光照射得通体明亮的大楼里,有一些灰蓝色的、不透明的方格——在这些拉下墙幔的方格里,人们正在品味着泰勒化的有节律的幸福。我用眼睛找到了第七层上 R-13 的方格，他已经放下了墙幔。

可爱的 O……可爱的 R……他这个人身上也有（我不知为什么要写"也有"，只是信笔写来而已）——他这个人身上也有一种我不甚了了的东西。尽管如此，我和他，再加上 O-90，是一个三角，虽然不是等腰三角形，但毕竟是一个三角形。用我们祖先的语言来说（这种语言对你们这些外星读者或许更容易理解），我们是一个家庭。有时在这里休息休息，哪怕时间不长，也是一件快事，把自己关进这个简单的、牢靠的三角形，避开一切……

笔记之九

提要：祭典。抑扬格和扬抑格。铁掌。

这是一个庄严而又光辉的日子。在这样的日子，你会忘记自己的弱点、疏失和疾病，一切都是那么晶莹透明，坚实恒久，就像我们的新型玻璃……

立方体广场。这里有一个由 66 个巨大的同心圆组成的看台。66 排座位上，一张张脸像一颗颗星星似的平静安详，一双双眼睛映射出天上的光辉，也许那是大一统国的光辉。那一朵朵朱红似血的花，是女人的嘴唇。孩子们稚嫩的脸像一串串小花，他们坐在前几排，靠近情节展开的地方。全场是一派庄严肃穆的哥特式艺术气氛。

根据现存的文字记载，古代人在他们"做礼拜"时也曾有类似的体验。但他们信奉的是虚无缥缈、玄之又玄的上帝，而我们信奉的是实实在在、真真切切的上帝。他们的上帝，除了让他们永无止境地苦求苦索之外，什么好处也没赐给他们。他们的上帝只是平白无故地牺牲了自己，而没能想出比这更高明的办法。我们现在献给我们的上帝——大一统国的是一件令人坦然的、经过深思熟虑的、合乎理性的祭品。的确，这是为大一统国举行的一次隆重的祭典，是对二百年大战壮烈岁月的缅怀，是庆祝众人战胜一人、整体战胜个体的盛大节日……

那边，洒满阳光的立方体台阶上，站着一个人。玻璃般的脸，玻璃般的嘴唇，全是白色的……不对，甚至不是白色的，而是无色透明的。只有一对眼睛，像两个具有引力和吸力的黑洞，它们通向那个离他只有数分钟之遥的令人胆寒的世界。印着号码的金牌已经摘掉；双手用一条大红色带子捆着（这是一个古老的习俗，看来可以这样解释：古时候这类活动不是以大一统国的名义举办的，被判刑者自然认为自己有权反抗，所以他们的手通常都用铁链锁住）。

在高处，在立方体的顶上，机器①旁边有一个端坐不动的、仿佛是金属铸就的身躯，这个人我们称他为造福主。从下面看过去，分辨不清他的面孔，只能看见这张脸严厉而庄重的方形轮廓。可是那两只手……就像有时在照片上看到的那样：由于放得太近，占了最突出的位置，所以显得很大，人们的目光被它们牢牢抓住，因而看不见其他一切。这双沉甸甸的手眼下还安然地放在膝盖上，但很明显，这双手有如岩石一般沉重，膝盖几乎都承受不了它们的重量……

突然，这两只巨手中的一只缓缓地抬起，做了一个缓慢的、铁一般凝重的手势，于是看台上有一个号民，顺着这个手势朝立方体走过去。他是大一统国的一位国家诗人，今日有幸为这个盛典献诗助兴。这时优美如天籁、铮铮如铜钟的抑扬格诗句响彻看台的上空。诗中所描写的是那个玻璃眼睛的狂人。他正站在那边台阶上，等待自己的狂妄行为带来的必然结局。

……烈火熊熊。在抑扬格的诗句中，房屋摇晃着，喷射着金色的火焰，继而纷纷倒塌。绿色的树木挛缩成一团，流淌着树液，最后只剩下一些烧焦了的树干，像一个个黑色的十字架兀立在那里。但是，普罗米修斯（这当然是指我们）

---

① 用以执行死刑的刑具。

出现了，只见他

> ……用机器和钢铁
>
> 驯服了烈马般的大火，
>
> 用法律的威力
>
> 降伏了混沌这个恶魔。

于是宇宙万物焕然一新，一切都变成了钢铁：钢铁的太阳，钢铁的树木，钢铁的人们。突然冒出了一个狂人，"他打开枷锁放出了大火"，于是宇宙万物又归于毁灭……

很遗憾，我对诗的记忆力很差，但有一点我记得很清楚：你找不到比这更有教益、更加美好的意境了。

又是一个缓慢而凝重的手势，于是又有一个诗人站在了立方体的台阶上。我居然欠身站了起来，心想：这是不可能的！不对呀，那黑人般的厚嘴唇，明明是他嘛……可是他为什么事先不告诉我，他将担当如此重任……他的嘴唇在颤抖，没有一丝血色。我能够理解，因为他面对的是造福主，是倾巢出动的全体护卫。即使这样，也不该如此激动嘛……

这时扬抑格的诗句就像锋利的板斧，迅猛地劈砍着。这些诗句在控诉一桩闻所未闻的罪行，控诉一首亵渎神圣的诗，那首诗竟然把造福主称作……不，我可下不了笔去重复那句话。

面色苍白的 R–13，目不旁视地走下台来坐下（他如此腼腆，是我始料未及的）。我恍惚看见他身旁闪现出一张什么人的脸——那是一个尖锐的黑三角，只停留了一秒钟的最小微分的时间，便立即变得模糊了，因为这时我的眼睛以及千百双眼睛都转而注视着高处那台机器。在那个地方，那只非人的手又打出了第三个手势。这时囚犯迎着无形的风摇摇晃晃地缓步向前走去，登上一级又一级台阶，终于跨出了他今生的最后一步，于是他面朝青天，头向后仰，躺在了死榻上。

像命运一样威严无情的造福主绕着机器走了一圈，然后把巨掌放在启动杆上……场内屏息凝神、悄然无声：所有的眼睛都盯着这只巨掌。充当一件工具，充当数十万伏电压的合力，该是多么扣人心弦，令人神往。这是一项伟大的使命！

长得无法计量的一秒钟过去了。那只巨掌按下去，接通了电流。一道刺眼的亮光闪过，机器的管道里发出一声像战栗一样轻微得难以听见的响动。四肢摊开的身躯（它被一缕轻烟笼罩着），眼看着以惊人的速度在融化，在消失。终于它化为乌有，只剩下一汪化学纯净水，而一分钟前它还是鲜血，汩汩地、鲜红地涌动在心脏里。

这一切都很简单，我们每个人都了解。对，这无非是物质的分化变异现象。对，这无非是人体的原子分裂！但是，这种事每一次都好像是一个奇迹，每一次都好像是造福主非人力量的象征。

在高处，他面对着十个女号民红润的脸蛋、激动得半张着的嘴巴、迎风摆动的鲜花①。

十名女号民按照旧时的习俗，给造福主那身溅湿而未干的统一服装点上鲜花。他迈着大主教的庄重步子，慢悠悠地走下台阶，又慢悠悠地穿行于看台之间。他走过的地方，女人们纷纷高举起洁白娇嫩的手臂致意，千百万人发出暴风雨般的欢呼。然后，人们又对全体护卫报以同样的欢呼——他们就在这里，就在我们中间，只是没有人看得见。谁知道，古人凭着想象力创造伴随每个人一生的恩威并施的"守护神"时，也许正是预见到了这些护卫②。

是的，整个庆典过程中确有某些古代宗教的遗风，确有某种像急风暴雨一样使人净化的东西。这篇文字未来的读者们，你们可曾体验过这种时刻？如果你们不曾领略过这种时刻的话，我真为你们感到遗憾⋯⋯

---

① 这些鲜花当然是植物博物馆的。我个人并不认为花有什么美感可言，就如同属于早已被赶到绿色长城外面那个野蛮世界里的一切。只有合乎理性而又具有实用价值的东西才是美的，例如：机器、靴子、公式、食物等等。——作者注
② 在俄语中，"护"一词与"守护神"字面上相似。作者把"大一统国"的鹰犬"护卫"比作"守护神"，真是莫大的讽刺。

笔记之十

提要：一封信。录音膜片。毛茸茸的我。

昨天这一天，对我来说就是化学实验人员用来过滤溶液的滤纸：所有的悬浮颗粒，所有的杂质都滞留在这张纸上。因此，今天早晨我下楼时，觉得自己就像被蒸馏过一样，纯净而又透明。

楼下大厅里，坐在一张小桌旁的女管理员不时地看一下表，把进入大厅的号民登记下来。她的名字叫Ю……还是不写出她的号码为好，因为我担心我会写下对她不利的话。其实她倒是一位颇受人敬重的中年女士。我唯一不喜欢的，就是她的两颊有点下垂，好像鱼的鳃（其实这有什么关系？）。

她的钢笔哧溜一下，于是我在一页纸上看见了自己的名字——Д-503，旁边还溅了一滴墨水。

我正想提醒她注意，她却突然抬起头，甩给我一个微笑，仿佛甩了一滴墨水在我脸上：

"这儿有您一封信。是的。您会收到的，亲爱的。是的，是的，您准能收到。"

我知道，信件经她看过后，还要通过护卫局审查（这是理所当然的事，我想无须多加解释），最迟将在12点前送到我手上。但是，她的笑容却搞得我心乱如麻，那滴墨水把我清澈透明的液体搅浑了。其影响之大,以至于我稍后来到"一体号"建造现场时怎么也无法集中注意力。有一次甚至在计算中出了差错,这种事在我可是从未有过的。

12点时,我又看见了粉红色里透着红褐色的鱼鳃,又看见了那副笑容。信终于到了我手里。不知怎么的,我没有当下就看那封信,而是把它装进了衣袋,然后急忙跑回自己房间里。我拆开信,草草地看了一遍,就一屁股坐了下来……这是一份正式通知,上面说I-330登记给我了,还说我今天21点必须去她那里。信的下角附上了地址……

不!在发生了这一切之后,在我直言不讳地表明了对她的看法之后,这怎么行呢!再说,她甚至还不知道我是否去了护卫局。她无从得知我病了,所以根本就去不了……尽管如此……

我脑袋里像是有一架发电机在转动,在嗡嗡作响。佛像——黄颜色——铃兰——粉红色的弯月……对了,还有——还有一件事:今天O-90还想来我这里呢。给她看看这份有关I-330的通知吗?我拿不准,因为她不会相信(也的确无法让人相信)我与此事无关,我完全……我知道,我和O-90之间将有一场艰难的、荒唐的、绝无逻辑可言的谈话……不,这可要不得。还是采取机械的办法——索性把通知的复印件寄给她。

我急急忙忙地把通知函塞进衣袋里，这时我看见了自己那只吓人的猴子手。我记起那次散步时 I-330 曾拿起我的手看过。难道她真的是……

　　现在是 21 点差一刻。这是一个白夜。一切都像淡绿色的玻璃。但这是另一种玻璃，易碎的玻璃，不是我们那种真正的玻璃，而是薄薄的玻璃壳。玻璃壳下面，一切都在旋转，疾驰，轰鸣……如果此刻那些大课室的圆顶驾着一团团薄雾轻烟缓缓地腾空而起，如果那轮已过中年的满月也像今天早晨坐在小桌旁的那个女人，投下一个墨水般的笑容，如果所有的大楼里都一齐拉下墙幔，而在墙幔的后面都……如果发生这一切，我都不会感到惊奇。

　　让我奇怪的是，我觉得肋骨像一根根铁条，它们妨碍——千真万确地妨碍着我的心脏，使它感到挤压，感到空间狭小。我来到一扇玻璃门前，门上写着"I-330"几个金字。I-330 背朝着我，正伏在桌上写什么。我走了进去……

　　"给您……"我递给她一张粉红的票券，"我今天收到了通知就来了。"

　　"您可真是严守时间！稍候片刻，可以吗？请坐，我这就写完。"

　　她的目光又垂落在信上——那双眼睛的帘子后面是什么呢？过一会儿她会说些什么——又会做些什么呢？这怎么能

猜得到，怎么能计算得出来呢——她完完全全是那边的，她来自那个充满梦幻的古老而野蛮的国度。

我默默地望着她。肋骨又像铁条似的——我感到胸前发紧……她说话的时候，脸就像飞快旋转而又闪闪发亮的车轮，你无法看清一根根的辐条。不过，现在这只车轮却停在那里不动了。于是我看到了一个奇特的组合：两道高挑的浓眉直抵太阳穴，形成一个倒置的三角形，两条深深的皱纹自鼻翼通向两侧嘴角，又形成一个尖顶朝上的、含有嘲讽的三角形。这两个三角形好像彼此对峙着，在整个脸盘上写上了一个令人不快的、刺眼的 X，活像个十字架。这是一张打了叉的脸。

车轮转了起来，辐条变得一片模糊了。

"您没有去护卫局吧？"

"我……没去成，我病了。"

"是啊。我想到了这一层：反正总会有点什么事叫您去不成的（露出尖利的牙齿，微笑）。可是这样一来，您倒捏在我手里了。您该记得：'任何号民，在 48 小时内不向护卫局举报，均被视作……'"

我的心猛跳了一下，铁条都被撞弯了。我简直像个顽童——像顽童做蠢事被逮个正着，然后又傻呆呆地一声不吭。我感觉自己落入一张罗网里，任凭手脚怎样挣扎都无济于事……

她站了起来，伸了个懒腰。她按了电钮，轻轻的一声摩擦声，四周的墙幔一齐落下。我与外界隔断了，只剩下我和她。

I-330 站在我背后的一个衣柜旁。统一服窸窣地响着，滑落下来——我在听着，全神贯注地听着。这时我想起一件事……不，只是一个闪念，只有百分之一秒的时间……

不久前，我曾经计算过一种新型街头录音膜片的曲率（如今每条大街上都装有这种造型精美的录音膜片，专门为护卫局录下街谈巷议）。我还记得，这种粉红色的凹面薄膜在簌簌发抖，很像个有生命的东西，但它只有一个器官——耳朵。我此刻就是这种录音膜片。

这时只听得一声"咔嚓"，领口的按扣解开了，接着是胸前的按扣，然后是再下边的。玻璃丝绸沙沙响着滑过肩头，滑过膝盖，落在地板上。我听得出（这比看得还要清楚），从一堆灰蓝色丝绸中跨出了一条腿，然后又跨出了另一条腿……

绷得紧紧的膜片在颤抖，记录着四周的寂静，要不然，就是在记录着心脏如铁锤般没完没了地猛烈击打铁条的清脆声音。我听见——我看见，我背后的她不知怎么迟疑了片刻。

柜门响了一下，一个什么盖子响了一下，接下去又是一阵丝绸的窸窣声……

"好啦，请吧。"

我转过身来。她穿着一件质料很薄的杏黄色古代款式裙衣。这比不穿衣服还难看一千倍。两个尖尖的圆点，透过薄质的衣料泛着粉色，就像灰烬中的两块火炭。两个柔嫩而滚圆的膝盖……

　　她坐在一把低矮的沙发椅里。她前面的一张小方桌上放着一只装着绿色有毒液体的小瓶和两只有细腿的小杯。她嘴里叼着一根细细的纸管，从嘴角喷出烟雾。这是古代点燃薰香的方式（我现在不记得这东西叫什么了）。

　　膜片还在震颤着。我体内那个地方，铁锤在敲击着烧得通红的铁条。我清晰地听见每一声敲击声……万一她也听见这声音可怎么办？

　　可是她却若无其事地喷吐着烟雾，若无其事地不时看看我，漫不经心地把烟灰抖在我那张粉红色票券上。

　　我尽量冷静地问道：

　　"您听我说，既然这样，您干吗把我登记给您？您干吗叫我来这里？"

　　她就好像没听见似的，把小瓶里的东西倒进了小杯里，然后抿了一小口。

　　"真是琼浆玉液。您想喝点吗？"

　　直到这时我才恍然大悟，原来是酒啊。昨天的情景像闪电一样从眼前闪过：造福主那只铁石般的巨掌，一道刺眼的寒光，立方体平台上那个仰面朝天、四肢摊开的躯体。我打了个寒战。

"请听我说，"我对她说，"您不是不知道，凡是用尼古丁——特别是用乙醇毒害自己的人，大一统国均严惩不贷……"

两道浓眉高挑到太阳穴，嘴巴周围又出现了尖尖的、嘲讽的三角形：

"与其让许多人慢性自杀，比如说腐化堕落等等，不如迅速杀掉很少的人更为合理些。这话正确得近乎猥亵。"

"……猥亵？"

"是的。如果把这一伙秃顶的、光身子的真理放出去招摇过市……不，这个比喻不恰当。这样吧，请您设想一下，我那个最忠实的崇拜者 S-4711——您认识他的，请您设想一下，如果他把遮羞的衣服全部脱掉，在大庭广众之中亮相……哎哟！"

她哈哈大笑。但我看得清楚，她脸部下端那个三角形——从嘴角到鼻端的那两道深深的褶纹，却流露出一丝的悲伤。不知怎么的，这些褶纹使我联想到：那个驼背、身体有两道折弯、长着招风大耳的家伙曾经抱过她，抱过这样的她……莫非他……

当然，我现在尽量设法把我当时的不正常感受表述出来。如今，当我把这些诉诸文字时，我清醒地意识到，这一切理应如此，S-4711和任何一个品行端正的号民一样，有权享受生活中的欢乐，否则就有失公正……这个道理是很明显的。

I-330笑得很奇怪，而且笑了很久。然后，她定睛仔细看了我一眼——是想看透我的心思。

"最要紧的是，和您在一起，我心里十分坦然。您是这么一个可爱的人。噢，我确信，您绝不会去护卫局报告，说我又喝酒又抽烟。您要么是生病，要么是太忙，要么就是想出我所不知道的别的原因。不但如此，我还相信您现在还会和我一起来喝这令人销魂的毒水……"

多么放肆，多么挖苦的口吻。我肯定我现在又要恨她了。不过，为什么只是"现在"？我一直都在恨她。

她把那杯绿色毒液一饮而尽，站了起来，杏黄色的裙衣透出粉红色的皮肤。她走了几步，在我的沙发椅后面站住……

突然，她的手臂搂住我的脖颈，嘴唇压进我的嘴唇里……不，压进更深的地方，更可怕的地方……我发誓，这完全出乎我的意料，也许正是因为这样，我才……我是绝不会（这一点我现在十分清楚）——绝不会主动要求去干后来发生的那种事的。

甜得发腻的嘴唇（我想，这是那种"琼浆"的味道），那火辣辣的毒液一口又一口地灌进我的嘴里……我一下子脱离了大地，像一颗独立的行星，沿着一条未经计算过的轨道，一直向下猛冲而去……

此后发生的事，我只能约略地、通过多少相近的类比加以描述。

以前我好像从来就没有想到过，然而这却是事实：我们每天走在地面上，而下面一直是一片深藏在地心的红通通的、汹涌澎湃的火海。但是，我们从来不去想它。如果我们脚下薄薄的地壳一旦变成了玻璃的，如果我们一旦看见了……

我现在就是一个玻璃人。我看见了自己身体的内部。

那里面有两个我。一个是先前的我，Д-503，号民Д-503，而另一个……这另一个我，以前只是把两只毛茸茸的手略微伸出壳外，而现在却是整个身体在向外面爬。躯壳破裂了，眼看着就要变成一堆碎片……到了那时将会是什么样呢？

我拼命地抓住一根救命稻草——椅子的扶手，为了能够听听先前那个我的声音，便问道：

"您是从哪儿……从哪儿弄到这种……这种毒水的？"

"噢，这个呀！有个医生，我的一个……"

"'我的一个'？'我的一个'什么？"

这时另一个我突然跳了出来，大声喊道：

"我不允许！除了我，不许有别人。不管这个别人是谁，我都要杀了他……因为我爱您……我爱您……"

我看见，另一个我用两只毛烘烘的爪子粗暴地抓住她，撕开她薄薄的丝绸衣裙，用牙齿死死地咬住她不放。我记得清清楚楚，是用牙齿咬住她。

我只是不知道，I-330是怎样才脱身的。这会儿她的眼睛被那该死的不透明的窗帘遮住了。她后背倚在衣柜上，站在那里听我说话。

我记得，我跪在地上，抱着她的双腿，吻着她的膝盖，哀求道："现在，就在现在，就在此时此刻……"

尖利的牙齿露了出来，两道浓眉形成了尖尖的、嘲讽的三角形。她俯下身子，默默地摘下我的号牌。

"马上！是的，马上，亲爱的——"我边说边匆忙地从身上往下脱衣服。但I-330仍旧默默地把我号牌上的表递到我眼皮底下。时间是22点30差5分。

我一下子凉了下来。我知道22点30分以后走上大街意味着什么。我刚才那阵狂热劲儿一下子荡然无存了。我还是我。我只清楚一点：我恨她，恨她，恨她！

我没有向她告别，连头也不回，就冲出屋去。我一边跑一边胡乱地别上号牌，沿着安全通道的楼梯（我怕在电梯里碰上什么人），一步几级台阶地跑到空旷的大街上。

一切都原封未动，依旧是那么简单，那么正常，那么有序：一幢幢亮着灯的玻璃房屋，一片白茫茫的玻璃般的夜空，绿莹莹静止不动的夜。但是，在这静悄悄的、冷冰冰的玻璃下面，有一种狂暴的、殷红的、毛茸茸的东西在悄然无声地奔腾着。我气喘吁吁地奔跑着——可不要迟到啊。

突然，我感觉到，匆匆忙忙别上的号牌脱了钩，然后掉了下来，当啷一声砸在玻璃人行道上。我弯腰去捡拾——就在这瞬间的寂静中，我听到身后有脚步声。我扭头一看，有一个矮小的、弯曲的身影从街角拐了出来。至少我当时觉得是这样。

我撒开腿拼命地跑起来，只觉得耳边生风，跑到门口才收住脚步，看看表：22点差1分。侧耳细听，后面并没有人。这一切显然都是荒诞的幻觉，都是那种毒液所致。

这一夜痛苦难熬。我身下的床忽而升起，忽而降落，忽而又沿着正弦曲线飘浮。我做了自我暗示："夜晚，号民们必须睡觉，这是义务，就像白天必须工作一样。为了白天能工作，必须这样做。夜晚不睡觉是罪过……"可我还是睡不着，睡不着。

我崩溃了。我无法履行对大一统国的义务了……我……

笔记之十一

提要：……不，我写不出提要，索性不写了。

傍晚。薄雾弥漫。天空蒙上了金灿灿的乳白色薄纱，让

66

你无法看到那更高更远的地方是什么。古人知道，那个地方是他们最伟大的孤独的悲观主义者——上帝；我们知道，那个地方是一片晶蓝、光秃、不堪入目的虚无。我现在不知道那个地方是什么，因为我知道得太多了。知识一旦被认为绝对正确无误，就变成了信念。我曾经对自己有过坚定的信念，我曾相信我对自己无所不知。可是现在……

我站在镜子前。我有生以来第一次清楚、真切、有意识地看我自己（我这样看自己，的确是平生第一次）。我好奇地观赏我自己，犹如观赏某一个"他"。我就是这个"他"：两道浓黑的一字眉，眉心处有一道疤痕般的垂直皱褶（我不知道以前是否有这道皱褶）。钢灰色的眼睛，由于夜里失眠而围着黑眼圈。在钢灰色的后面……原来我过去一向不知道那里面有什么。我从"那里"（这个"那里"既近在咫尺，同时又无限遥远），我从"那里"观望我自己——观望他，并且坚信那个长着两道一字眉的他，对于我来说，是个局外人、陌生人，我平生第一次与他相遇，我，真正的我并不是他。

不，还是就此打住吧。这些全是无稽之谈，所有这些荒诞的感觉，无非是谵妄，是昨天中毒的结果。中了什么毒？是中了绿色毒液的毒，还是中了她的毒？反正都一样。我把这些写下来，无非是要让读者了解，一个人的理智虽然如此精确而敏锐，却也会莫名其妙地陷入迷惘和困惑。然而这人的理智甚至能够把古人望而生畏的无穷大化繁为简，使之易于理解，只消采用……

号码显示器响了，打出"R-13"。这倒也好，我甚至感到高兴。现在要是让我一个人待在这里，我会……

20分钟以后

在纸张的平面上，在这个二维世界里，这些文字一行行排列有序，然而在另一个世界……我对数字的感觉正在消失。20分钟也可能是200分钟或者20万分钟。说起来也够荒唐的，我竟然平心静气地、有条不紊地、字斟句酌地记述着我和R-13之间刚才发生的事。这就好比您坐在自己床边的扶手椅里，跷起二郎腿，饶有兴味地观看您本人在这张床上如何抽搐成一团。

R-13进来时，我十分平静而正常。我以由衷的钦佩之情谈到他用诗歌改写判决书的事，说他干得很漂亮，并且说，诛杀那个亡命之徒最有力的武器就是他的那些扬抑格诗句。

"……甚至于这样：如果有人提议由我来绘制造福主的机器的图样，我肯定会把您的扬抑格诗句题在那上面，肯定。"我的话说完了。

突然，我看到，R-13的眼睛暗淡下来，嘴唇灰白。

"您怎么啦？"

"怎么啦？咳……简直烦死人啦：人们到处都在谈论判决

68

书，判决书。我不愿意再谈了，到此为止。我不愿意！"

他锁紧眉头，搔了搔后脑勺——他这只小箱子里装着一些不相干的、我所不理解的货色。一阵沉默。终于，他从小箱子里找到了什么，拿了出来，一点一点地展开，最后亮了出来——他的眼睛闪现出含着笑意的光泽。他跳了起来。

"我正在为您的'一体号'写点东西……真带劲儿！这样的东西才值得去写！"

此时，他又是先前的他了：嘴唇扑哧扑哧地喷着唾沫，话如泉涌，滔滔不绝。

"您是知道的（字母'п'就像是喷水），古代那个关于天堂的传说……说的其实就是我们，就是现在。是的！您琢磨琢磨吧。天堂里那两位必须做出选择：或者没有自由的幸福，或者没有幸福的自由，中间道路是没有的。他们这两个蠢蛋选择了自由，结果弄得后来人们世世代代思念枷锁。您明白吗，思念枷锁，这就是所谓的'世界悲哀'。只有我们才重新找到了使幸福复归的办法……不，您听下去，听下去嘛！古人的上帝和我们是坐在一条板凳上的。是的！我们帮助上帝彻底制服了魔鬼——就是它唆使人们触犯了禁令，偷吃了那害人的自由之果。它是一条阴险狡诈的毒蛇！而我们照准它的小脑袋瓜，'啪'的一脚踩上去，于是大功告成，天堂恢复了。我们又像亚当和夏娃一样，无忧无虑，纯真无邪。

善与恶的问题不再纠缠不清了。一切都非常简单，都像天堂一般美好，都像孩子一样单纯。造福主、机器、立方体、钟形瓦斯罩①、护卫——这些代表着善，代表着庄严、美好、高尚、崇高、纯洁。因为这一切都在捍卫着我们的不自由，也就是捍卫着我们的幸福。如果换了那些古代人，他们就会绞尽脑汁，翻来覆去地去论证，什么是道德的，什么又是不道德的……咳，算了吧。总之，写一部这样的天堂叙事诗才够味呢，对吧？而且还要采用最严肃的格调……您明白吗？这个题材多棒，啊？"

当然明白。我记得我当时曾这样想过："别看他长得怪模怪样，其貌不扬，头脑倒是很精明。"正因为这个，我——真正的我——才感到他很亲切（我还是认为先前的我是真正的我，而我目前的一切只不过是一种病态）。

R-13 显然从我的脑门上读出了我的这种想法。他搂着我的肩膀哈哈大笑：

"哎呀，您……好一个亚当！啊，对了，我这儿正巧有一件关于夏娃的事……"

他在衣袋里摸了半天，掏出一个记事本，翻看了一下。

"后天……不，两天以后，O-90 有一张来会见您的粉红

_____
① 一种刑讯工具。

色票券。您怎么样？还是像以前那样吗？您愿意让她……"

"哦，对，那当然。"

"我就这么对她说，要不然她自己还真不好意思……我跟您说吧，是这么回事，她对我只不过凭着粉红色票券行事而已，可是对您……她又不说这都是因为我们的三角里又插进了第四个。这人是谁？您忏悔吧，风月老手！说呀！"

我心中的帘幕迅速拉起，于是乎丝绸的窣窣声呀、绿色玻璃瓶呀、嘴唇呀……突然，我冒冒失失地脱口说出了这么一句话（我要是能管住自己的嘴巴就好了！）：

"告诉我，您尝过尼古丁或乙醇吗？"

R-13 收拢起嘴唇，皱着眉头瞟了我一眼。他此刻心里在想什么，我似乎听得清清楚楚。他在想："虽说你是朋友，但毕竟……"只听他回答说：

"怎么说呢？严格地讲，我没有尝过。可是我认识一个女人……"

"I-330。"我替他喊了出来。

"怎么……您，您也跟她？"他咯咯大笑，笑得上气不接下气，眼看着就要喷唾沫星子了。

我屋里那面镜子挂在只有坐在桌子旁边才能照见的地方，因此从我现在坐的扶手椅这个位置，我只能看到自己的前额和眉毛。

这时我——真正的我——从镜子里看见两道一字眉就像一条弯曲的、跳动的虚线。真正的我还听到了一声野性的、刺耳的吼叫：

"什么？这个'也'字是什么意思？不行，您得说清楚，我要求……"

两片黑人般的厚嘴唇张得大大的……眼睛瞪得圆圆的。我——真正的我——狠命地揪住这另一个我的衣领。这另一个我就是那个野性的、多毛的、喘着粗气的我。这时我——真正的我——对 R-13 说：

"看在造福主的分上，原谅我吧。我病得很重，睡不着觉。我也不知我这是怎么了……"

厚嘴唇掠过一丝微笑：

"是呀，是呀！我明白，我明白！我对这种事很熟悉，当然是在理论上。再见！"

他走到门口，像只小黑皮球似的突然又转过身来，走到桌旁，往桌上扔下一本书：

"这是我最近出的一本书……我特地带给您的，差点儿忘了。再见……"说到字母"п"时又喷了我一脸唾沫，然后像皮球似的滚了出去……

我独自一个人。或者说，是和另一个"我"单独在一起——这样说也许更准确些。我坐进扶手椅里，跷起二郎腿，从"那里"饶有兴味地观看我（我自己）如何在床上抽搐成一团。

为什么，究竟为什么我和O-90和睦相处整整三年之久，而现在只要提到那个女人一个字，只要提到……难道爱情、嫉妒这种发疯的事不仅仅在古人愚蠢的书本里才有？最莫名其妙的是我！本来是搞方程式、公式、数字的，现在却突然出了这种事。我一点也不明白！不明白……我明天就去找R-13，对他说……

不对，我不会去。无论明天还是后天，我从此永远不会再去他那里了。我不能也不愿意再见到他。完结了！我们这个三角垮了。

我独自一个人。傍晚。薄雾弥漫。天空蒙上了金灿灿的乳白色薄纱，多么想知道，那更高的地方是什么？多么想知道，我是谁，我是一个什么样的人。

笔记之十二

提要：化无限为有限。天使。关于诗歌的随想。

我总觉得，我正在好转，并且能够康复。觉睡得极好。不再做那些个梦，也没有别的症状。明天可爱的O-90要来我这里，一切都会变得简单、规则、有限，就如同一个圆。我并不害怕"局限性"这个词，因为高级理性活动，也就是人的理性活动，概括起来，无非就是不断地化无限为有限，把无限分解成便于运用、易于理解的若干等分——微分。我所酷爱的数学，它那神圣的美正在于此。而那位O-90恰恰对这种美缺乏理解。不过，这些都只是偶然的联想而已。

这一切都是在地铁有板有眼的车轮声中发生的。我随着车轮的节拍默诵着诗行（他昨天送来的那本诗集）。忽然，我觉得背后有个人小心翼翼地俯着身子，从我的肩膀上看着我打开的书页。我没有回头，只用眼睛的余光瞥见两只粉红色招风耳和双折弯的身影……是他！我不想打扰他，便佯装没有察觉。他是怎么来到这里的，我不知道。我走进车厢时，好像他并不在里边。

这本来是件微不足道的事，却对我产生了极好的影响，甚至可以说，使我受到了鼓舞。让你总觉得有一双机警的眼睛精心地呵护着你，不让你出半点岔子，不做半点错事——这真是一件开心的事。这话听起来未免有些感情用事，可是我头脑里又浮现出那个比喻：这就好像古人对守护神的憧憬。有许许多多东西，古人只能对它们抱有幻想，在我们的生活中却变成了现实。

当我感觉到那位守护神站在我背后的那一刻，我正在欣赏一首题为"幸福"的十四行诗。如果我说，就审美角度和思想深度而言，这是一篇难得的佳作，我想这话是不会错的。这里是开头的四行：

二乘二相爱，恒久专一，

融入四更是如胶似漆。

这世上最狂热的一对情侣——

二乘二形影不分离。

下面写的全是这个内容：颂扬乘法口诀表上明智而永恒的幸福。

任何一个真正的诗人都必定是哥伦布。美洲大陆早在哥伦布之前就存在了许多个世纪，但只有哥伦布发现了它。同样，乘法口诀早在 R-13 之前就存在了许多个世纪，但只有 R-13 能够在数字的原始密林中发现新的黄金国①。的确，哪里的幸福也不会比这个奇妙世界的幸福更明智、更清朗。钢铁会生锈，古代的上帝创造了古代人，也就是说创造了会犯错误的人，可见上帝自己也犯了错误。乘法表比古代的上帝更

---

① 传说"黄金国"遍地是黄金和宝石。16世纪西班牙殖民者曾在拉丁美洲寻找这个神奇的国家。

明智、更绝对①，因为它从不（我强调"从不"二字）犯错误。按照乘法表严整、恒定的法则生活着的数字，是无比幸福的，既没有彷徨，也没有困惑。真理只有一个，通往真理的道路只有一条。真理就是四，通往真理的道路就是二乘二。如果这两个幸福而完美相乘的二，突然打起了什么自由的主意（而这显然是错误的主意），这岂不是荒唐之至吗？R-13抓住了要害，抓住了根本……对于我来说，这就像数学中的公理，不必再加证明。

这时我又感觉到守护神那温暖而柔和的气息——先是在脑勺后边，后来在左耳边上。显然他注意到了，我膝头上的那本诗集已经合上，而我的思绪早已在九天之外了。好啊，我宁愿立刻把我的大脑这本书翻开给他看。这样做反倒使人心情坦然、愉快。记得我甚至仔细端详了一下四周，用逼视和询问的目光看了他一眼，然而他没有明白或者并不想弄明白我的意思——他没有向我发问……我唯一可做的事，就是把这一切讲述给你们——我不相识的读者们。对于我来说，你们就像当时的他一样珍贵，近在眼前却又不可触及。

我的思路是从部分到整体。部分是R-13，宏大的整体是国家诗人作家协会。我曾想过，古人怎么会对他们文学和诗

---

① 基督教经书中称至高无上的上帝为"绝对者"（the Absolute）。

歌的荒唐现象全都视而不见呢？艺术语言的巨大力量被白白地浪费了。任何人想写什么就写什么，这真是滑稽可笑。同样滑稽而荒唐的是，海洋日日夜夜漫无目的地拍击着海岸，而海浪中蕴藏着的数以百万千克米计的能量，却只是用来给恋人们煽情。我们从海浪倾诉爱情的细语中，提取了电力，而把海洋这头口里喷吐着白沫的野兽变成了驯顺的家畜。对于曾经野性十足的诗歌，我们也照此办理，驯化制服了它。如今，诗歌不再是夜莺放荡的啼啭了。诗歌是一项国家事业，诗歌在创造效益。

我们有著名的《数学九行诗》，如果没有它，我们在学校里怎么会如此真挚地、如此深情地爱上算术四则呢？《玫瑰花刺》——这是一个经典性的比喻。诗中把护卫比作玫瑰花身上的刺，保护着我们娇嫩的国花，防止被人粗暴地触摸……人非草木，谁看到天真的孩子们鼓动着小嘴巴像做祷告一样诵读着"顽童伸手把玫瑰掐，花刺如针刺中了他，疼痛难忍直哎哟，哭哭啼啼跑回家"这样的诗句时，会无动于衷呢？还有那《造福主每日颂歌》。谁读了它能不对这位众号民之首的克己奉公肃然起敬呢？还有那本令人毛骨悚然的红皮书《庭审判决书之花》呢？还有那部不朽的悲剧《上班迟到者》呢？还有那本案头书《房事卫生歌诀》呢？

生活的全部复杂性和美都永久镌刻在金子般的语言中了。

我们的诗人不再沉湎于虚无缥缈的幻想。他们回到了坚实的大地上。他们和我们步调一致地踏着音乐工厂进行曲严整、机械的节拍向前迈进。他们写诗的灵感来自清晨电动牙刷的沙沙声，来自造福主的机器威震八方的电火花噼啪声，来自《大一统国赞歌》的庄严回声，来自晶莹的夜壶里耳熟的清脆声、墙幔垂落时使人心摇神荡的啪嗒声、最新出版的烹调书里欢快的煎炒烹炸声，以及街头录音膜片几乎听不见的簌簌声。

我们的神明就在这里，在我们中间：在护卫局，在厨房，在车间，在厕所。神变得和我们一样了，ergo，我们也变得和神一样了。我不相识的外星读者们，我们要飞往你们那里，把你们的生活改造得像我们的生活一样无比合理和精确无误……

笔记之十三

提要：雾。你。一件荒唐透顶的事。

黎明时分，我一觉醒来。映入眼帘的是粉红色的、坚实的天空。一切都是那么美好，那么浑圆。O-90今晚来访。我的身体无疑已经康复了。我微微笑了笑，就又进入了梦乡。

晨铃响了。我起床一看，却全然是另一番景象：玻璃的天花板和墙壁外面，到处都是大雾弥漫。发疯了似的云团越来越浓重，同时又好像越来越淡，越来越近。天与地之间的界线已经模糊不见了。一切都在飞奔着，融化着，坠落着，没有什么可以抓得住。房屋不见了：玻璃墙壁犹如晶盐撒进水里，在云雾中化开了。如果从人行道上看过去，只见各间房里人影幢幢，那些人影就像梦幻般的乳液中的悬浮颗粒，有的在低处，有的在稍高处，有的在更高处——在第十层楼上。一切都烟雾腾腾，也许这是一场无声的熊熊大火。

时间正是 11 点 45 分（我当时特意看了看表，想抓到一些数字，想让这些数字搭救我）。11 点 45 分，本该按照《作息条规》的规定去参加日常体力劳动。但在去劳动之前，我先跑回了自己房间。这时电话铃突然响了，那边说话的声音就像一根长长的钢针缓慢地刺进我的心脏：

"噢，您在家呀？我太高兴了。请您在街角等我。咱们一起去……哦，到时候您就会知道去哪儿了。"

"您明明知道，我现在要去劳动。"

"您明明知道，您会按照我说的去做。再见。两分钟以后……"

两分钟以后，我站在街角。必须对她说明白，我受大一统国的支派，可不是受她的支派。"按照我说的去做"……她还挺自信——从她的语气里听得出来。那好吧，我马上就和她认真地谈一谈……

那一件件用湿漉漉的雾织成的灰色统一服从我身边匆匆而过，只停留片刻便突然消融在雾气之中。我目不转睛地看着表，我变成了尖尖的、颤动着的秒针。8分，9分……12点差3分，差2分……

果不其然，去劳动已经迟了。我真恨她。但我必须对她说明白……

在街角处白蒙蒙的雾中有一道血印，像用尖刀划破的伤口——原来是嘴唇。

"看来我让您久等了。其实也无所谓了，反正您现在已经晚了。"

我真恨她……不过，的确已经晚了。

我默不作声地看着她的嘴唇。所有的女人都是嘴唇，仅仅只是两片嘴唇。有些女人的嘴唇是粉红色的，圆圆的，并且富有弹性。那是一个圆圈，是一道隔绝外界的柔嫩屏障。可是这个女人的嘴唇，一秒钟以前还不存在，只是刚刚用刀子割开的，还滴着甜丝丝的鲜血呢。

她向我靠近，把肩膀倚在我身上，于是我们结成一体，她的体液流入我的体内。我知道，我需要这样。我凭着每一根神经、每一根毛发、每一下甜蜜得发疼的心跳知道，我需要这样。依从这种"需要"，是一件好快活的事。一块铁依从必然的、精确的法则而吸附在磁石上的时候，多半也是很快活的。抛向空中的石头，会迟疑片刻，然后又飞速地回落到地面上，它也是快活的。人也是如此，弥留之际挣扎一番，终于咽了最后一口气，才撒手而去。

我记得我当时很尴尬地笑了笑，不着边际地说了句：

"雾……好大。"

"你喜欢雾？"

这个古老的、早已被人们忘记了的"你"，这个主人称呼奴隶时所用的"你"字，清晰而缓慢地进入了我的脑海：对呀，我是奴隶。这也是需要，也很好。

"对，很好……"我自言自语地说了出来。然后我对她说："我讨厌雾。我怕雾。"

"这表明，你喜欢。你怕它，是因为它的力量大于你；你讨厌它，是因为你怕它；你喜欢它，是因为你无法使它顺从你。人只喜欢他无法占有的东西。"

对，这话在理。正因为——正因为我……

我们两人走在一起，浑然一体。透过云雾可以隐隐约约地听到太阳在远处什么地方歌唱。万物都充满了活力，都被染成了珍珠色、金黄色、玫瑰色、鲜红色。整个世界仿佛是一个身体硕大无朋的女人，我们就在她的腹内，我们还没有出生，我们正在快活地成长着。我看得清楚，我看得一清二楚：万物都为我而存在，太阳、雾气、粉红色、金色，都为我而存在……

我没有问我们去哪儿。去哪儿都无所谓，只求不停地走下去，只求越来越成熟，只求越来越富于活力……

"就是这儿……"I-330 在门口停了下来，"这里今天值班的刚好是一位……就是那次在古屋我说过的那个人。"

为了精心保护正在成熟的体能，我只用眼睛从远处读了读牌子上"医务局"几个字。我全明白了。

这是一个充满金色雾气的玻璃房间。玻璃天花板上吊挂着一些瓶瓶罐罐。屋里拉着一根根电线。玻璃管里闪着蓝火花。

屋里还有一个人，身子扁平而单薄。他整个人就像用纸片剪成的，无论他朝哪边转动，都只能看到他薄薄的侧影：鼻子像闪亮的刀刃，嘴唇像张开的剪刀。

I-330 对他说了些什么，我没听见。因为我一边看她说话，一边感觉自己在笑，笑得很忘情，很得意。忽然剪刀形的嘴唇像刀刃似的闪了一下，只听那位医生说：

"原来是这样。我明白。这种病最危险。我不知道还有什么病比这更危险的了……"说到这里他大笑起来，用薄纸片似的手在纸上很快地写了几个字，然后把这张纸递给了 I-330，接着又写了一张交给我。

这是两份诊断书，证明我们有病，不能上班工作。我这是

82

向大一统国偷了我的那份工作量，我是个窃贼，我该被送上造福主的机器。但是这似乎离我很遥远，与我无关，就好像是写在书本里的……我连一秒钟都没有迟疑就接过了纸条。我全身心——我的眼睛、嘴唇、双手——都知道，我需要这样。

在拐角处半空着的车库里，我们坐进了一辆飞车。I-330又像上次那样，坐到方向盘旁边，把启动杆推到"前进"的位置上，我们腾空而起，向前飞去。金色的雾、太阳，都跟在我们的后面。我突然觉得那位医生薄如刀锋的侧影是那么可爱，那么亲切。从前一切都绕着太阳转，现在我知道，一切都缓慢地、幸福地眯起眼睛绕着我转……

在古屋门口，我们又见到了那个老太太，又看见了她那张可爱的、长合在一起的、布满放射状皱纹的嘴巴。大概，这些日子里这张嘴巴一直这么紧闭着，只是此刻才张开，才露出笑容。她说：

"唉，你这个无法无天的小家伙！不跟大家一样去上班……算了吧，不说了！要是有事，我跑进来告诉你们……"

那扇沉甸甸、吱呀作响、不透明的门关上了，与此同时我的心房打开了，越开越大，直至完全敞开。她的嘴唇——我的嘴唇，我吮吸着，不停地吮吸着。我挣脱开来，默默地望着她那双对我睁得大大的眼睛，于是又……

房间里半明半暗。蓝色、杏黄色、墨绿色的鞣革，铜佛像的金色微笑，镜子的闪光。我几日前的一场旧梦，现在变得如此明了：一切都浸透了金灿灿的粉红色浆液，马上就要喷溅出来了……

成熟了。就像铁块和磁石必然顺从精确的不可抗拒的法则一样，我在甜蜜的陶醉中牢牢地吸附在她的身上。这里没有票券，无须计算次数，也不存在大一统国和我自己。这里只有两排咬得紧紧的、温情而又尖利的牙齿，还有一双对着我睁得大大的、闪烁着金光的眼睛——我通过这双眼睛缓缓地进入内里，越来越深。此外就是一片静寂了……只是从一个角落里，仿佛从数千里之外的地方，传来洗脸池滴水的声音。而我就是整个宇宙。两次滴水声之间横隔着几个世纪，几个时代……

我披上统一服，向I-330俯下身子，最后一次仔细地端详着她。

"这我早就料到了，我对你早就有所了解……"I-330说，声音低得很。她迅速地翻身下床，穿上了统一服，同时也挂上了惯常的、蜂针一般的尖刻笑容。

"好啦，堕落的天使。您现在可完了。您说不是？您不怕？那好吧，再见！您一个人回去。好吗？"

她拉开了镶着镜子的衣柜门，侧过脸看着我，等我走开。我乖乖地走了出去。但是，刚一跨出门槛，我突然感到需要她把肩紧紧地偎倚在我身上，只消用肩膀贴一下，无须更多。

我转身朝她（可能）正在对着镜子扣纽扣的那个房间跑过去。我跑进去一看，便站住了。衣柜门上的老式钥匙环还在摆动（这我看得很清楚），可是 I-330 不见了。她不可能离开这里，房间只有一扇可出入的门，可她就是不见了。我四处都找过了，我甚至打开了柜子，把那里面花里胡哨的古代衣裙都翻了一遍，也不见个人影儿……

我的外星读者们，把这种完全不可思议的怪事讲给你们听，我真有些不好意思。不过，事实既然如此，我也无可奈何。难道今天一天从早到晚不是充满了怪事吗，难道不是都很像梦魇这种古代的疾病一样吗？既然是这样，那么多一桩怪事或少一桩怪事，又有何妨？况且我相信：我迟早会把任何荒诞现象都用三段论推理法搞个水落石出的。想到这里，我感到欣慰，而且我希望这也会使你们感到欣慰。

……我的头脑塞得太满了！你们哪里知道，我头脑里的事塞得太满了！

笔记之十四

提要："我的"。不可能。冰冷的地板。

这里记述的还是昨天的事。昨天就寝前的个人活动时间，我有事在身，因此没能做笔录。但是，每件事仿佛都刻印在我的脑子里了，而且不知为什么，我对冰冷的地板记得特别清楚，也许永远也忘不了了……

晚上O-90应该到我这里来——因为昨天是她的日子。我下楼向值班员要来一张放下墙幔的许可证。

"您怎么啦？"值班员问，"您今天怎么有点……"

"我……我病了……"

其实我说的是真话：我的确是病了。所有这一切都是病。而且我一下子想起来了，我这里不是有诊断证明嘛……我在衣袋里摸了摸：就在这儿，还沙沙作响呢。可见这一切都发生过，的的确确发生过……

我把那张证明递给了值班员。这时，我觉得自己的脸颊滚烫。我虽然没有正眼看值班员，但我似乎看到他正在惊诧地望着我。

21点30分到了。左边那间屋里放下了墙幔。右边屋里，我看见我的邻居正在看书，俯在书本上的是他那长满疙瘩、凸凹不平的秃顶和呈抛物线状的巨大黄色额头。我在屋里踱来踱去，心里苦涩涩的：在发生这一切之后，我该怎么面对她呢？我说的是O-90。我明显地感觉到右边那双眼睛在注视着我，我清晰地看见他额头上的皱纹，像是一行行很潦草的黄色文字。不知为什么，我觉得这是议论我的文字。

22点差一刻，我房间里掀起一阵快活的粉红色旋风，一双粉红色的手臂像铁环一样把我的脖子紧紧地箍住。接着我感到，这只铁环越来越松弛，越来越松弛，以至完全张开——两只手臂垂落下来……

"您变了，您不是从前的您了，您不是我的了！"

"'我的'，多么野蛮的用语。我从来不属于……"我顿时卡壳了，因为我突然想到，从前我的确不属于谁，可现在……要知道，我现在不是生活在我们这个理性的世界，而是生活在古代梦幻般的世界，生活在 $\sqrt{-1}$ 的世界。

墙幔徐徐落下。这时右边那位邻居失手把桌上的书弄掉在地上，就在最后的一瞬间，我从墙幔和地板之间的窄缝里，看见一只黄色的手抓起那本书。我心想：要是我能够使出全身的力量狠狠地揪住这只手就好了……

"我以为——我本想今天在散步时见到您。我有许多话——我有许多话要对您说……"

可爱而又可怜的O-90！她那粉红色的嘴巴又变成两个尖角朝下的月牙了。可是我总不能把所发生的事全都告诉她，至少是因为这么做就会使她成为我的同谋犯。我明明知道，她是没有勇气去护卫局的，而这样一来就会……

O-90躺在那里。我不慌不忙地吻着她。我吻她手腕上孩子般胖乎乎的褶纹，她那对蓝色的眼睛闭着，粉红色的新月形嘴唇像花朵一样缓缓绽开，于是我吻遍她的全身。

突然我明显地感觉到，我的精力已消耗殆尽，已经全部付出。我做不来了，不可能了。应该，可就是不可能。我的嘴唇一下子冷了下来……

粉红色的月牙颤动起来，失去了光泽，抽缩了。O-90 把床罩披在身上，裹住身体，把脸埋进枕头里。

我坐在床边的地板上——地板冰冷刺骨。我默默地坐在那儿。一股股袭人的寒气从下面升起，越升越高。在那蓝色的、无声的星际空间，想必也是这么寂静而寒冷吧。

"您应该明白，我并不愿意……"我咕哝了这么一句……
"我曾经拼命……"

这是实情：我，真正的我，并不愿意。然而，怎么对她说才好呢？怎样才能跟她解释清楚：铁块并不愿意，但是那法则是必然的，是铁定的……

O-90 把脸从枕头里抬起来，眼也不睁地说："您走吧！"但是，由于她边哭边说，这句话听起来却像"您吼吧"。不知为什么，这个莫名其妙的细节竟深刻在我的记忆中了。

全身冷透了、手脚麻木的我走出房间，来到了走廊里。玻璃墙外是一片几乎看不见的薄雾。入夜多半又是漫天大雾。这一夜过去之后，将会发生什么呢？

O-90 默不作声地从我身旁跑过，冲向电梯。电梯门砰的一声关上了。

"等一下！"我喊了一声，因为我感到害怕。

但是，电梯已经在嗡嗡声中向下滑去……

她夺去了我的 R–13。

她夺去了我的 O–90。

然而，总归……

笔记之十五

提要：钟形罩。水平如镜的大海。我注定永远忧心如焚。

我刚走进"一体号"的建造现场，第二建造师就迎过来了。他的脸总是圆圆的、白白的，像个瓷盘子。他说话时，仿佛是给您送上一盘令人垂涎欲滴的美味：

"您病得可不是时候。您不在，没个领导，这不昨天出了事故。"

"事故？"

"就是嘛！铃响了，下班了，开始让大家离开现场。您猜怎么着：负责清理现场的查出了一个没有号码的人。他是怎么混进来的，我真弄不明白。人们把他送到了手术局。在那里，他们会让这个家伙开口的，会让他说出是怎么进来的，是来干吗的……"他说完做了个笑脸——一个味道很美的笑脸……

在手术局工作的都是我国最优秀、最有经验的医生，由造福主本人直接领导。那里有着各式各样的器械，而最重要的是，有一个颇有名气的钟形瓦斯罩。其实这就像古时候学校课堂上做的那种实验：把老鼠放到一个玻璃罩下面，用气泵把罩里的空气抽得越来越稀薄……如此等等，不必细说。只是瓦斯罩当然是一种完善得多的器械，它可以使用各种不同的气体。其次，我们当然不是用它来捉弄没有自卫能力的小动物，而是把它用于崇高的目的——捍卫大一统国的安全，换句话说，就是捍卫千百万人的幸福。大约五百年前，当手术局初创之时，有些愚昧无知的人竟然把手术局与古代宗教裁判所相提并论。这种做法，其荒谬程度不亚于把施行气管切开术的外科医生与拦路抢劫的强盗等量齐观。两人手里拿的可能是同样的一把刀，干的是同样的一件事——切割活人的喉管。然而，一个是救命恩人，一个是罪犯；一个是带着"+"号的人，一个却是带着"–"号的人……

这一切都再清楚不过了，这一切只用了一秒钟的时间，只需逻辑机器转动一圈就够了，可是后来齿轮一下子咬住了负号"–"，于是顶上的画面变了：衣柜上的钥匙环还在摆动，显然柜门刚关上，可是不见她——I-330的人影，她消失了。

这个画面，逻辑机器硬是没能把它转过去。是梦吗？可是我直到现在还感到右肩膀上有种说不明白的甜蜜的疼痛。I-330曾紧紧地倚着我的右肩，和我在雾中同行。"你喜欢雾？"是的，连雾也喜欢，什么都喜欢，凡是富有活力的、新鲜的、奇特的东西，都喜欢，一切都很好……

"一切都很好。"我不由得把这句话说了出来。

"很好？"陶瓷般的眼睛瞪得溜圆，"您这话是什么意思，这种事还有什么'很好'可言吗？既然这个没有号码的人有办法进来，可见他们无处不在，无时不在，他们就在这里，就在'一体号'的附近，他们……"

"他们到底是什么人？"

"我怎么知道他们是什么人。可是我感觉得到他们——您明白吗？我一直感觉得到。"

"您听说过吗？有人发明了一种手术，可以把幻想切除（前些日子我的确听到过类似的传闻）。"

"这我知道。可是和这件事有什么相干？"

"怎么不相干，我要是您，就去请人家给做这种手术。"

瓷盘子脸上显现出一副柠檬般酸溜溜的表情。他有多么可爱，即使绕着弯子点了一句，说他可能有幻想这种毛病，他就感到委屈了……不过，话又说回来，换了我，在一星期前也一定会感到委屈的。可是现在——现在却不然了。因为我知道我现在有这个东西，我知道我有这个病。并且我还知道，我不愿意医好这个病。就是不愿意，而且不容分说。我们踏着玻璃台阶走到了上面。下面的一切，尽收眼底……

读着这些笔记的诸位，无论你们是什么人，你们头顶上都终归有个太阳。如果你们从前也像我现在这样生过病，就会知道太阳在早晨是什么样的，或者说可能是什么样的。你们就会知道，它是粉红的、透明的、温热的金子。就连那空气也略显粉红色，一切都染上了太阳柔和的血红色，万物都是有生命的——人是有生命的，人人都在微笑。有可能发生这种情况：一小时以后一切都化为乌有，一小时以后太阳将流尽它最后一滴粉红色的鲜血，但眼下一切还都是有生命的。我看到"一体号"的玻璃汁液中有什么东西在振荡着，被传输着；我看到"一体号"正在思考着它伟大而可怕的未来，正是在思考着它肩负的重担——把无法回避的幸福送上天，送给未知的你们，送给永世寻求而从无所获的你们。你们将会得到的，你们将会幸福的——你们必须成为幸福者，这一天已指日可待。

"一体号"船体大体上已经竣工。船身很长，呈椭圆形，造型典雅美观。所用的材料是我们这里的玻璃——坚如金、韧如钢的玻璃。我看到，玻璃船体内部有人在固定横向加强筋——隔框和纵向加强筋——纵梁，有人在船尾为巨大的火箭发动机安装底座。每隔三秒钟，"一体号"强劲的尾部就向宇宙空间喷射一次火焰和气体，这个喷着火焰传送幸福的帖木儿[①]将不停地在太空疾驰……

我看到：在下面，人们像一架大机器的杠杆，按照泰罗的方式，沉稳而又迅捷地、节奏严整地时而弯腰，时而直腰，时而转身。他们手中的管子闪着火光，那是在用火焰切割和焊接玻璃的壁板、角板、肋片、肘板。我看到，一台台怪物一样的透明玻璃吊车正在玻璃轨道上缓缓滑行，并且也像人一样循规蹈矩地时而转身，时而屈身，把各种器材送进"一体号"船体内部。怎么称呼它们都一样：人化了的机器，或者是完美的人。这是最高境界的、撼人心魄的美、和谐、音乐……快，快到下面去，到他们中间去，和他们在一起！

现在我和他们肩并肩，和他们融合为一体，卷入钢铁般的节奏……一个个节奏鲜明的动作，一张张丰满红润的圆脸蛋，一个个光滑如镜、没有非分之想的额头。我在这水平如镜的大海里畅游。我得到了休息。

突然，有一个人转过头来，用平淡的语气问我：

"怎么样，不要紧吧？今天好些了吗？"

"什么好些了？"

---

① 帖木儿（1336—1405），帖木儿帝国的创建者，曾远征波斯、俄罗斯、印度、土耳其。

"您昨天不是没来嘛。我们还以为您病得很危险呢……"他额头光亮，脸上挂着孩子般天真的微笑。

我的脸唰的一下红了。面对这双眼睛，我不能说谎，我不能。我没有作声，只觉得人在下沉……

那张雪白的圆瓷盘子脸从上边舱口里探了出来。

"喂，Д-503！请您到这边来一下！我们这里发现支架框硬度过高，组件力矩产生了二次方应力……"

没等他把话说完，我就慌不择路地朝上面跑去——我这是可耻地临阵脱逃啊！我没有勇气抬起眼睛，而脚下闪亮的玻璃台阶照得我眼花缭乱。我越往上走，越感到绝望：我是一个有罪的人，一个中了毒的人，这里没有我容身之地。我从此再也无法融入这毫厘不爽的机械节奏，再也不能畅游在这水平如镜的大海里了。我注定永远忧心如焚，永远四处奔波，永远去寻找可以避人耳目的角落——永远如此，除非我终于鼓起勇气去……

一颗冰冷的火花穿透了我全身，使我不寒而栗——光是我一个人，倒也无所谓，我怎么都行，但是，总要把她也牵连进去，她也会被……

我从舱口爬上了甲板，却在那里止住了脚步：我不知现在该去哪里，也不知自己为什么要到这里来。我抬头望了望天空，中午的太阳已是满脸倦容，矇矇眬眬地挂在中天。下面是"一体号",它那灰蒙蒙的玻璃躯壳显得毫无生气。粉红色的鲜血已经流尽了。我明白,这些只不过是我的幻觉,一切依然如故,同时我也明白……

"喂,Д–503,您耳朵聋了是怎么的?我一直在叫您……您怎么啦?"这是第二建造师——他简直是在对着我的耳朵喊叫,大概已经喊了很久了。

我怎么啦?我失去了方向舵。马达鼓足了劲儿在轰响着,飞车颤动着,疾驰着,但是没了方向舵,而我又不知道我在飞往何处:如果这是向下飞,那么马上就会撞到地面上;如果这是向上飞,那就会撞到太阳上,就会飞进火焰中……

笔记之十六

提要:黄色。一个二维的影子。无法医治的心灵。

有好些天没记笔记了。我说不清有多少天了。所有的这些日子都是一样的。所有的这些日子都是一样的黄色,就像干燥、炙热的沙漠,没有一块阴凉,没有一滴水,只有一望无际的黄沙。我的生活中不能没有她,可是她自从那次在古屋不明不白地消失之后……

自那以后,我只在散步时看见过她一次。究竟是两天、三天，还是四天以前，我说不清。所有的日子都一个样。她突然一闪而过，使这个黄沙般荒凉的世界在瞬间又充实起来。跟她挽着手走在一起的是身高只及她肩膀的、双折弯的S-4711，还有那个薄如纸片的大夫，那第四个不知是谁——我只记住了他的手指：细长而苍白，就像从衣袖里射出来的光束。I-330抬起胳膊，向我招手致意，然后隔着S-4711的脑袋，探出身子跟那个手指如光束的人说话。我听到了"一体号"几个字，只见四个人一齐转过头来看了我一眼。他们的身影随即消失在灰蓝的天色之中，而脚下依旧是一条黄沙般干燥的道路。

那天晚上，她有一张会见我的粉红色票券。我站在号码显示器前，爱恨交加地祈求，希望它快点响，快点打出"I-330"这个号码。电梯门响个不停，从电梯里走下来的人，有的是脸色苍白的，有的是个子高高的，有红润的，有黝黑的。四周围的墙幔纷纷落了下来。就是不见她的人影。她没有来。

也许，在我写作的此时此刻（22点整），她正闭着眼睛，以同样的方式偎依在某某人的怀里，并以同样的方式对这个某某人说着"你爱我吗？"是谁呢？他是谁？是手指像光束的那个，还是嘴唇肥厚、口水四溅的R-13？要不就是S-4711？

S-4711……这些日子里我总是听见身后有他扁平足的脚

步声，那吧唧吧唧的声音就像走在水洼里似的。这是为什么呢？为什么这些日子他总像影子似的跟踪我？总有一个灰蓝色的二维影子出没于我的前后左右：人们穿过它，人们踩着它，可是它依然跟在身旁，就像被一条无形的脐带给拴住了。也许这条脐带就是她——I-330？我吃不准。也或许是护卫们已经知道，我……

如果有人对您说，您的影子看得见您，随时都看得见，您懂这是什么意思吗？您就会突然有一种奇怪的感觉：两只手好像是多余的，很碍事，而且我还发现我的手挥动得很别扭，与脚步不合拍。又比如说，我突然觉得非回头看一眼不可，可就是回不了头，怎么也不行，脖子僵硬得像铁打的一样。于是我撒腿就跑，越跑越快，而我的后背感觉得到，那影子跟在后面也越来越快，怎么也甩不掉它，叫你无处藏身……

我回到了自己的房间，终于只有我一个人了。但是，这里我又发现了另一件东西——电话机。我又拿起了听筒。"对，是找 I-330，请叫她听电话。"话筒里传来轻微的响声，是走廊里的脚步声，好像什么人从她房门口走过，但没有人答话……我放下了听筒。我不能忍受了，再也不能忍受了。去找她。

这是昨天的事。我跑出去找她。从 16 点到 17 点，在她住的那幢房子外面转悠了整整一个小时。号民们排着队从我身旁走过。千百只脚踏着整齐的步子，像百足巨兽，摇摇晃晃，飘然而过。而我就好像被狂风巨浪抛到了荒无人烟的孤岛上，独自一人在灰蓝色的海浪中寻找，寻找……

说不定从什么地方就会冒出来由两道挑到太阳穴的眉毛构成的、含有尖刻嘲讽意味的尖角，还有那两只眼睛，就像黑洞洞的窗户——那里面炉火正旺，人影晃动。我要径直闯入其中，并且对她称"你"，一定要用这个"你"字。"你明明知道，我的生活中不能没有你。可你为什么还要这样呢？"

但是，她没有作声。我突然感到一片静寂；我突然发觉，音乐工厂已停止了奏乐，这时我才如梦初醒：已经过了17点，大家早已都走光了，只剩下我一个人了，我迟到了。四周是一片泛着黄色阳光的玻璃大漠。我看见：明亮的墙壁底朝上倒挂在一平如镜的玻璃路面上，就像水中的倒影，而我也滑稽可笑地头朝下倒悬在那里。

我必须尽快，必须马上赶到医务局去开一张证明我有病的诊断书，否则我就会被抓走，然后就……可也说不定这倒是一个最好的结局。索性待在这里，老老实实地等着人家发现我，把我送到手术局，那样就可以以身赎罪，一了百了。

一阵轻微的响声之后，一个双折弯的身影出现在我眼前。我连看也没看就感觉得到，两只灰色的钢钻迅速地钻进我的身体，于是我打起精神，强做出一副笑脸，这才搭起讪来（总得说句话才是）：

"我……我得去医务局。"

"那您为什么不去呢？干吗站在这儿？"

我只是看着自己头朝下、脚朝上地倒挂在那里，满脸愧色，一声不吭。

"跟我来吧。"S-4711声色俱厉地说。

我乖乖地跟他走了，两只多余而无用的手乱甩一气。我抬不起眼睛，所以一直走在一个头足倒置的荒诞世界里：只见一些机器的底座是朝上的，人的双脚是贴在天花板上而头是朝下的，再往下是被厚厚的玻璃路面锁住的天空。我记得，当时我最难过的是，我此生最后一次看到的这个世界竟然是颠倒的，而不是它真正的面貌。可是我的眼睛抬不起来。

我们停了下来。我面前是台阶，只要向前跨出一步，就会看见几个扎着白围裙的医生和那个巨大的、无声的钟形瓦斯罩……

我费了很大的气力，好像开动了螺旋传动装置，才把眼睛从脚下的玻璃路面上拉开——突然闯入我眼帘的却是"医务局"几个金光闪闪的大字……他为什么带我来到这里，而没去手术局，为什么他对我手下留情——这一点我当时连想都没想，便一个箭步跨过台阶蹿到门里，并随手砰的一声把门紧紧地关上了，然后长出了一口气。那情形就好像我从一大早就没有喘过气，就没心跳过，直到这会儿才第一次喘了口气，直到这会儿才打开了胸腔的闸门……

这里有两个人。一个身材矮小，腿如石礅，用眼睛由下而上地打量着病人，就好像要用犄角把人挑起来似的；另一个则身子薄如纸，嘴唇像亮闪闪的剪刀，鼻子尖如利刃……正是那个医生。

我像见到亲人一样朝他扑过去，径直扑向刀刃，把失眠、多梦、影子、黄沙般的世界的事对他诉说了一番。只见两片剪刀般的嘴唇闪着亮光，那是在微笑。

"您的情况很糟糕！看来您有了心灵①。"

心灵？这是个陌生、古老、早已被遗忘了的词。我们有时也会说"心心相印""漠不关心""心狠手辣"，可是"心灵"……

"这……非常危险吗？"我结结巴巴地问。

"不治之症。"剪刀斩钉截铁地说。

"可是……病因究竟是什么？我怎么……弄不清楚。"

"是这样……怎么跟您……您是个数学家吧？"

———————

① 在俄语中，"心灵"是个多义词，含有"内心""良心""心肠""灵魂"（如宗教中的"灵魂与肉体"）等意义。大一统国的人认为，古人（也就是我们现代人）才有"心灵"，"心灵"像霍乱等一样，是一种疾病，在他们那里已经绝迹，因此，他们都不知道"心灵"是什么。

"是的。"

"比方说，平面，表面。就说这个镜面吧。我和您都站在镜面上。您看得见，这是我们两个，被阳光照得眯着眼睛，这是一根管子，里边有蓝色的电火花，那边是飞车一闪而过的影子。这些都只是在表面上，并且转瞬即逝。请您设想一下：由于受到火烤，这个坚实的表面突然变软了。无论什么东西都不能在它上面滑动了，所有的东西都进入其中，进入这个镜子世界里。在我们还是孩子的时候（我敢肯定，孩子并不那么愚蠢），我们都曾经好奇地窥视过镜子世界。平面变成了立体、实体、世界，所以这太阳、飞车螺旋桨产生的旋风、您颤抖的嘴唇或者别人的嘴唇都进到了镜子的里面，也就是进到了您的内心。您也明白，冰冷的镜子可以反映，可以反射，而这种变软了的镜子则只会吸收，什么都会留下痕迹，而且是永远地留下。一旦您看见某人的脸上有一道哪怕是很细微的皱纹，这道皱纹就会永远留在您的心中。有一次您在寂静中听见了滴水的声音，直到现在您还能听得见这种声音……"

"对，对，正是这样……"我一把拉住他的手。我现在就听见了：那是洗脸池的水龙头在慢慢地滴水，打破了寂静。我有这个体验，而且永远忘不了。可是究竟为什么会突然有了心灵？本来是没有的，一直是没有的，突然……为什么谁都没有，偏偏我有……

我把这只薄如纸片的手攥得更紧了，唯恐丢掉这只救生圈。

"为什么？为什么我们没有羽毛，没有翅膀，而只有翅膀的根基肩胛骨呢？就是因为翅膀再也用不着了，有了飞车，翅膀只会碍事。翅膀为的是飞，可我们再也无处可飞了，因为我们已经飞到了要飞的地方，已经找到了要找的东西。您说对吗？"

我一脸惶惑地点了点头。他看了我一眼，便嘻嘻地笑了，那笑声像手术刀一样尖利。另一个医生听到笑声，移动着他那石礅般的双腿，从他的诊室里走了过来，像用犄角挑人似的，从下往上扫了一眼那个薄如纸片的医生，然后又扫了我一眼。

"怎么回事？什么，心灵？你们在谈'心灵'？太不像话了！照这样下去，我们用不了多久就会搞得霍乱大流行了。我对您说过（又用犄角把薄如纸片的医生挑了一下），我对您说过，要对所有的人……要把所有人的幻想……要把幻想摘除。这只能靠外科手术，只有外科手术才能……"

他戴上了那副老大的 X 光眼镜，围着我转悠了半天，隔着头盖骨透视我的脑子，并且在一个小本子上做着记录。

"这是一个极其罕见的病例！请问，您是否同意在摘除后做酒精防腐处理？这样做对大一统国来说，是极其重要的……这样做会有助于我们防止瘟疫流行。当然啦，如果您没有什么特殊理由的话……"

"您可知道，"那个薄如纸片的医生说，"号民 Д–503 是'一体号'的建造师，我敢肯定，这样做会损害……"

"啊——啊。"他"啊"了两声，便迈着石头礅般的短腿回到他的诊室去了。

屋里只有我们两个人。他把薄如纸片的手轻柔而又亲切地搭在我的手上，又把他那张很专业的脸凑近我，轻声说：

"告诉您一个秘密，得这个病的不是您一个人。我的同事说这是瘟疫流行，不是没有道理的。您想想看，难道您就没察觉到什么人也有类似的现象，十分相像、十分相近的现象……"他定睛细看了我一眼。他这话里暗含着什么意思，是暗指什么人？莫非……

"您听我说……"我腾的一下站了起来。但是，他已经把话题一转高声说道：

"……对于您的失眠、多梦，我只能建议您多走路。您从现在就开始，明天一早就出去散步……哪怕就走到古屋也好嘛。"

他又死盯盯地看了我一眼，脸上露出一副极其微妙的笑容。我仿佛清清楚楚地看见了这笑容用薄纱包裹着的那个单词，那个字母，那个名字，唯一的名字……这会不会又只不过是幻想呢？

我好不容易等他给我开完了今明两天的病假条，再次紧紧地握过他的手，一声不响地跑了出去。

我的心此刻就像飞车一样轻盈而矫捷，它载着我不断地向上腾飞。我知道，明天将给我带来快乐。什么样的快乐呢？

笔记之十七

提要：透过玻璃。我死了。长廊。

真叫我啼笑皆非。昨天，正当我认为一切都已经搞清楚了，所有的 X 都得出了答数的时候，我的方程式里又冒出了一些新的未知数。

在这件事的整个过程中，坐标的原点当然是古屋。从这个点引出了 X 轴、Y 轴、Z 轴。最近一段时间以来，对于我来说，整个世界就构筑在这几个坐标轴上。我沿着 X 轴（第59大街）步行到坐标的原点。昨天发生的一切，像五颜六色的旋风似的在我的脑海里翻腾旋转起来：倒悬着的房屋和人们，两只令人苦恼的多余的手，光亮的剪刀和洗脸池里清脆的滴水声（这都是事实，都曾经发生过）。这一切都在被火烤熔了的表面下边，在"心灵"所在的地方，飞快地旋转着，在撕裂着血肉之躯。

为了遵守医嘱，我在选定路线时故意不走直角三角形的斜边，而走两个直角边。现在我走上了第二个直角边——紧贴着绿色长城墙脚的一条弯路。长城外是一望无垠的绿色海洋，那边的花、草、枝、叶像汹涌的巨浪，铺天盖地，迎面袭来，眼看着就要把我吞没，而我将由人（而人是一架最精巧的机器）变成……

但是很幸运，在我和苍莽的绿色海洋之间横隔着一道玻璃长城。啊，高墙壁垒在隔离防范方面显示出的智慧多么伟大而英明！这可能是天字第一号的伟大发明。人自修筑了第一道围墙之日起，才不再是野兽了。自从我们修筑了绿色长城，并用长城把我们这个完美的机器世界同非理性的、面目可憎的林木禽兽世界隔绝之日起，人才不再是野人了……

隔着玻璃墙可以模模糊糊地看到一头不知什么野兽憨痴的面孔，它正看着我，两只黄色的眼睛一直在重复着一个我无法理解的意思。我们长时间地彼此看着对方的眼睛——这眼睛就是表面世界通向表面以下那个世界的竖井。这时我心里直嘀咕："虽然这个黄眼睛的家伙待在一堆又脏又乱的树叶子里，过着一种没有经过计算的生活，可是万一它比我们更幸福呢？"

我挥了一下手，两只黄眼睛忽闪了一下，便退了回去，消失在树叶里。这可怜的东西！说它比我们幸福，简直是胡扯！要说它比我幸福，也许有道理。可我只是一个例外，我有病在身啊。

　　况且我……我已经看见了古屋绛红色的围墙，还有老太太那张可爱的、闭拢的嘴巴，于是我撒开腿朝老太太跑过去：

　　"她在这儿吗？"

　　闭拢的嘴巴慢慢地张开了：

　　"这个'她'是谁呀？"

　　"哎哟，还有谁？当然是 I-330 啦……那次我就是和她一起来的，开着飞车来的……"

　　"啊，对，对，对……"

　　她嘴唇周围是一束束辐射状的皱纹，两只黄色眼睛放射着一束束狡黠的目光，钻进我的身子，越钻越深……末了她才说：

　　"好啦，不再难为你了……她是在这儿，刚进去不大一会儿。"

　　她在这儿！我突然发现老太太脚下长着一株银白色的苦艾（古屋的院落也是这个博物馆的一部分，也是按照史前的原状完好地保存下来的），苦艾把一根枝条伸到老太太的手上，老太太用手抚弄着枝条，膝盖上还挂着一道黄色的阳光，在一刹那间，我、太阳、老太太、苦艾、黄眼睛，仿佛成为一个整体，我们仿佛都是血脉相通的，在我们的脉管里流着共同的、汩汩的、上好的血浆……

写到这里我感到很难为情，可是我曾许过诺，在做笔录时要直言不讳。所以我还是记下了这件事：我弯下身子——吻了吻老太太那张闭拢的、软和和、毛茸茸的嘴巴。老太太用手揩了揩嘴，咧开嘴笑了……

我跑过了一个个熟悉的、半明半暗的、响着回声的房间，不知为什么直奔卧室去了。我已经跑到了门口，拉住了门的把手，却突然一想："万一里边不是她一个人呢？"我停下来，仔细地听了听。但是我只听到我的心在怦怦直跳，不是在我的胸膛里，而是在我身外的什么地方。

我推门进去了。看到的只是那张宽大平整的床铺，那面大镜子，还有衣柜门上的穿衣镜，柜门锁孔里那把带有古老钥匙环的钥匙。一个人也没有。

我轻轻地唤了一声：

"I-330！你在这儿吗？"接着我闭目屏息，仿佛已经跪在了她面前似的，把声音压得更低，"I-330！亲爱的！"

一片寂静。只听得见水龙头往白色洗脸池里滴水的声音，那声音是很急促的。现在我说不清为什么，但我当时对这种声音很反感。我拧紧了水龙头就出去了。她不在这里，这很明显。也就是说，她在别的"套房"里。

我顺着宽大而昏暗的楼梯跑到楼下，接连拉了三扇门，全都锁着。所有房门都锁着，只有"我们的"套房没锁，可是那里没有人。

可我还是又朝那里走去。连我自己也不知道去干什么。我走得很慢，很吃力——仿佛鞋底突然变成了铸铁的。我记得很清楚，当时曾想："地心引力恒定不变的说法是一个错误。这么一来，我那些个公式都……"

突然，我的思路被打断了：楼下的门砰的一声响，有人从石板地上快步走过。我的身子又变得轻快了，变得很轻很轻了。我一个箭步冲到栏杆旁边，正要俯身往下看，把心里的千言万语化作一个"你"字喊出来……

我不禁倒吸了口凉气：在楼下方格窗框的阴影中，S-4711的脑袋，扇着粉红色招风耳一闪而过。

我脑海里突然闪现出一个赤裸裸的结论，一个没有前提（直到现在我也不知道前提是什么）的结论："绝不能让他看见我，不能！"

我踮起脚跟，紧贴着墙壁，朝楼上那个没有上锁的套房悄悄溜过去。

我在门口停了一下。那个人也脚步很轻地上了楼，朝这边走来。但愿门别发出声音。我祈求着，可那门是木头做的，它还是吱呀一声响了。只见那些绿的东西、红的东西、黄的佛像就像一阵旋风似的掠过我的眼前，我跑到了衣柜的镜子前，从镜子里看见了我苍白的脸，凝神谛听的眼神，还有嘴唇……透过血液的流动声，我听见门又响了一下……是他，这是他。

我一把抓住了柜门的钥匙，那钥匙环就摇摆起来。这给了我一个提示，不过又是一个瞬间的、没有前提的、赤裸裸的结论，确切地说，只是只言片语："上一次……"我赶快打开了柜门，钻进黑洞洞的柜子里面，然后把柜门严严实实地关上。我向前跨了一步，脚下的地面晃动了一下。于是我开始慢悠悠、轻飘飘地往下滑落，眼前一片漆黑，我死了。

* * *

后来，当我必须把这段奇遇记述下来时，我曾经花了一番功夫，搜索记忆，查找书本。现在，我当然明白了，这叫作一过性死亡状态。古代的人们了解这种现象，而我们，据我所知，对此毫无了解。

我弄不清楚我死过去多久，很可能是五到十秒钟，反正只过了一会儿我又复活了，睁开了眼睛。眼前一片漆黑，只觉得身子一直往下飘落……我伸出手想抓住什么，却被迅速滑脱的粗糙墙面擦伤，手指头流出了血，很明显，所有这一切绝不是我那病态的幻想在作怪。可这究竟是怎么回事呢？

我听到了自己呼吸忽断忽续、颤颤巍巍的声音（写到这些我感到很惭愧，不过这一切都太出乎意料、太不可理解了）。一分钟，两分钟，三分钟，仍然在往下沉落。终于，下面轻轻地弹了一下：脚下一直坠落的东西现在停下来不动了。我在黑暗中摸到一个什么把手，我推了一下，一扇门开了，一道淡淡的亮光钻了进来。我一看，背后一个不大的方形平台快速地升了上去。我转身冲过去，但是已经晚了一步，我被困在这儿了……"这儿"是什么地方，我不得而知。

一条长廊。千钧之重的静寂。圆形的拱顶下是一长串没有尽头的电灯泡，灯光闪烁，飘忽不定。这里有点像我们的地铁"隧洞"，只是要窄得多，并且不是用我们这里的玻璃建造的，而是一种古代的材料。我忽然想到了地下工事，据说二百年大战期间人们曾在这种工事里避难……管它是什么呢——我必须往前走。

我估计走了二十分钟左右，然后向右拐，这里长廊变宽了，灯也亮些。隐约地听见嗡嗡的声音。或许是机器，也或许是人声，我搞不清楚，不过我正在一扇沉甸甸的、不透明的门旁，而声音就是从那里面传出来的。

我敲了一下门，再敲了一下，敲得更响些。门里的声音沉静下来了。突然不知是什么咔嚓响了一下，沉重的门慢慢地敞开了。

我不知道我们两人谁更惊愕——站在我面前的正是那位鼻尖如刃、身薄如纸的医生。

"是您？您在这儿？"随后他那剪刀般的嘴巴咔的一声合上了。而我——就好像根本不懂人的语言似的，一声不响，两眼发直，不明白他在说什么。大概是说我必须离开这儿吧，因为后来他用他那扁如纸的肚子把我挤到了长廊上比较明亮的那一段的尽头，然后在我的后背上猛推了一把。

"请您原谅……我本来打算……我以为是她，是 I-330。可是我身后……"

"您站在这儿别动。"医生斩钉截铁地说了这么一句，就不见了……

终于如愿以偿！终于她就在我身边，就在这儿。至于"这儿"是什么地方，还不是都一样嘛。熟悉的杏红色绸衣，蜂蜇般的微笑，挂着帘子的眼睛……我的嘴唇、双手、膝盖在颤抖，而头脑里装着一个极其愚蠢的想法：

"振动产生声波。颤抖应当有声。为什么听不见呢？"

她的眼睛像门一样向我敞开了，我走了进去……

"我不能再忍受下去了！您到什么地方去了？为什么……"我的眼睛须臾不离地盯着她，话说得颠三倒四，语无伦次，像是在说梦话——也许只是心里在想，并没有说出口。"有一个影子——跟着我……我死了——从柜子里……因为您的那位……他那张剪刀一样的嘴巴说我的病是心灵……无法医治……"

"无法医治的心灵！我可怜的人儿哟！"I-330放声大笑——她的笑声溅了我一身，梦呓顿时消退，四下里尽是笑的碎片，亮如明珠，声如银铃。这一切多么——多么美好。

那个医生又从角落里走了出来，那个优秀的、出色的、薄如纸片的医生。

"我在恭候您的吩咐。"他在I-330身旁停下来这么说。

"没什么！没什么！我以后再告诉您。他这是偶然的……请您转告，就说再过……再过15分钟我就回去。"

一转眼，医生就消失在了角落里。I-330等了等，听到砰的一声门关上了，才把尖利而又甜蜜的针慢慢地、慢慢地刺进我的心里，而且越刺越深——她的肩膀、胳膊、整个身体都贴紧了我，我和她一起向前走去，我们两人融合在了一起……

我记不得在什么地方拐进了黑暗中。我们在黑暗中拾级而上，没完没了、一声不吭地往上走着。我虽然看不见，却知道她也和我一样，像盲人那样闭着眼睛，仰着头，咬紧嘴唇，一边走一边在听音乐——那是我那可以听得见的战栗声。

我清醒过来时发现，这是古屋院里多得不计其数的荒僻角落之一。这里有一道围墙，露出地面的残垣断壁上支棱着像光溜溜的骨骼化石和黄色獠牙似的东西。她睁开眼睛，说了句"后天16点"就走了。

这一切真的发生过吗？我不知道。后天我就知道了。真切可信的痕迹只有一个：我右手指端的皮被擦伤了。但是，今天在"一体号"飞船上，第二建造师对我说，他确确实实亲眼看见我无意中用这几个手指触摸了一下砂轮——问题就出在这里。是啊，也可能就是这么一回事。非常可能。我不知道——什么也不知道。

笔记之十八

提要：逻辑的丛林。伤口和膏药。永远不再来了。

昨天我一躺下，就立刻沉入梦乡的海底，就像是一艘因超载而倾覆的大船。周围是密不透气的绿色海水。我从水底慢慢地游了上来，游到水层的中间睁眼一看：这是我的房间，天色还早，时间仿佛静止了。柜门的玻璃镜子上一个光点正照着我的眼睛。这使得我无法毫厘不爽地执行《作息条规》所规定的睡眠时间。最好的办法是打开柜门，可是我整个身子仿佛被蜘蛛网缠绕着，眼睛也蒙上了蜘蛛网，想起来，却没有力气……

我好歹总算起来了，睁开了眼睛，突然发现全身粉红的I-330正在柜门后面往下脱衣服。即使最离奇古怪的事，我现在也都习以为常了，因此，据我记忆所及，我当时丝毫没有感到惊奇，问都没有问一句，就急忙钻进柜子，随手关上了镜子柜门，气喘吁吁、迫不及待、如饥似渴地与I-330扭结在了一起。当时的情景现在仿佛就在我的眼前：一道刺眼的阳光从黑暗中的门缝里射进来，闪电一样折射在地上、柜子的内壁上，再往上，这道光就像一把寒光闪闪、杀气逼人的利刃落在了I-330向后仰着的裸露的脖子上……这使我感到莫名的恐怖，以至于忍不住大喊了一声——这时我再一次睁开了眼睛。

我的房间。天色还大早，时间仿佛静止了。柜门上有个光点。我在床上。是一场梦。可是心还在猛烈地跳着，还在震颤、抽搐，指尖和膝盖还在隐隐作痛。这一切肯定又是发生过的。所以我现在也搞不清楚，哪个是梦境，哪个是现实；无理数冲破了一切牢靠的、司空见惯的、三维的事物。坚固、光滑的平面不复存在，到处都是毛糙、粗陋的东西……

离响铃的时间还早呢。我就躺在那里思考——求解一连串的逻辑怪题。

在表层世界里，任何一个方程、任何一个公式都有与之对应的曲线或实体。对于无理数公式，对于我的$\sqrt{-1}$，我们却不知道与其对应的实体，我们从来没有看见过它们……但可怕的是，这些实体虽无形却又是存在的，它们的存在是确定无疑的。因为数学就像屏幕一样，把这些实体怪模怪样、横七竖八的影像——无理数公式展示给我们看了。而数学和死神一样，永远不会出错。如果说我们在这个世界、在表层之上看不到这些实体，那么，在表层之下必然存在一个属于它们的浩瀚世界……

我没等到铃响，就急忙起床，开始在屋里来回踱步。迄今为止，我的数学，在我犹如脱缰之马的整个生活中，一直是唯一坚实牢靠的海岛，可如今它却好像拔了锚，漂浮起来，旋转起来。这么说，这荒诞不经的"心灵"如同我的统一服和靴子，尽管我现在看不见它们（它们放在柜子里），却都实实在在地存在着？既然靴子不是病，为什么"心灵"就是病呢？

我在寻求走出莽莽逻辑丛林的路径，却怎么也找不到。这片丛林与绿色长城外边的林海一样神秘莫测、阴森恐怖，它同样也是一种非同寻常的、不可思议的、不用语言说话的生物。我好像在梦幻中看到了无限大、同时又无限小、形似毒蝎的 $\sqrt{-1}$，它里面隐藏着一个让你随时都感觉得到的蝎针般的负号。也许它就是我的"心灵"，它也像古代神话中的蝎精一样，心甘情愿地去蜇它自己，不惜献出它的全部……

铃响了。白昼到来了。这一切并没有死亡，并没有消失，而只是隐没在白昼的阳光里罢了。这正像可见的物体在夜里并没有死亡，而是隐没在夜晚的黑暗中一样。我的头脑里蒙着一层薄雾，透过薄雾可以看见一张张玻璃长桌，还有一个个圆球形的脑袋正在慢慢地、默默地、有节奏地咀嚼。透过薄雾可以看见，远处有一个节拍器在嘀嗒响着。在这种熟悉而亲切的音乐伴奏下，我跟大家一起机械地数数，数到50——按照规定，每块食物必须咀嚼 50 次。然后，我机械地合着节拍走下楼，并和大家一样，在外出登记簿上签上自己的名字。但是，我总有一种离群索居、孑然一身的感觉，仿佛被隔在一堵吸音的软墙里面，而外面是另一个世界……

可是又一想：如果墙里的这个世界只属于我一个人，那又何必在这些笔记中写它呢？何必在这里写那些荒唐的"梦"、柜子、没有尽头的长廊呢？我十分懊丧地发现，我本来是要写一部格律严整、纯粹数学的长篇叙事诗来颂扬大一统国的，可是从我笔底下写出来的却是一部怪诞的惊险小说。唉，如果真的仅仅是一部小说倒也罢了，可它偏偏又是我目前的生活写照，满纸尽是一些 X、−1、堕落行径。

不过，这样也许反倒更好。我不相识的读者们，和我们相比，你很可能还只是孩子（因为我们是在大一统国哺育下成长起来的，所以我们达到了人类所能达到的最高顶峰）。

正因为你们是孩子，我必须把这颗送给你们的苦涩果子仔细地涂上一层厚厚的惊险糖浆，你们才会不哭不叫地把它吞下去……

傍晚。

你们是否曾有过这样的体验：你驾着飞车在蓝天上疾速盘升，飞车开着窗户，狂风呼啸着扑面而来，这时你会感到，大地不复存在，大地被你忘记了，大地离开你就像土星、木星或金星那么遥远。我现在的生活就是这样，狂风迎面袭来，我忘记了大地，忘记了可爱的粉红的 O-90。但大地依然存在，迟早总要返回大地，而我只是闭上眼睛不去看我的性生活安排表上标有 O-90 名字的那个日子罢了……

今天晚上，遥远的大地显示了它的存在。

遵照医嘱（我真心诚意，的确真心诚意地希望病体康复），我在几条笔直而空旷的玻璃街道上散了整整两个小时的步。人人都按照《作息条规》坐在大课室里听课，只有我一个人……其实这是一个很反常的场面。试想，一根手指被从整体，也就是手掌上砍掉，而这根被砍掉的手指在玻璃人行道上弯腰弓背、蹦蹦跳跳地跑着。这根手指就是我。最奇怪而又最反常的是，这根手指根本就不愿意留在手掌上，不愿意和别的手指待在一起。要么就这样，光杆一个，要么……也罢，我也不必再隐瞒什么了：要么就和她在一起，通过肩膀，通过纠结在一起的手指，把我自己全部注入她的身体……

我回到家里时，夕阳已经西下了。夕阳粉红色的余晖映在玻璃墙上，映在蓄能塔的金色塔尖上，映在迎面走来的号民们的笑声和语声上。说来很奇怪，即将熄灭的落日余晖的照射角度，和刚刚燃起的旭日朝晖是完全一样的，然而两者的景象却截然不同，那粉红色的霞光也不同：现在它十分宁静而略带苦涩，到了明早它将变得明快而喧闹。

在楼下的大厅里，管理员Ю从一堆洒满落日余晖的信件当中抽出一封信递给了我。我再次说明，这是一位很受尊敬的女士，而且我还确信，她对我怀有极其美好的感情。

虽然如此，我每次看到她那张双颊下垂的鱼鳃脸，不知怎么总感到不舒服。

Ю用她那只骨节凸起的手递信给我时，长叹了口气。但是，这声叹息只不过轻轻地撩了一下把我与外界隔开的帷幕而已，因为我当时正把全副精神贯注在我双手捧着的那封颤抖的信上——我毫不怀疑，那信是I-330的。

这当口儿，我又听到了第二声叹息，声音是那么清晰，是加了两条着重线的，以至于我把目光从那封信上移开了，于是我看见：在两片鱼鳃之间，透过因害羞而低垂的眼睛闸门露出了深情的、哀怨的、令人目眩的笑容。然后她说：

"您好可怜哟，好可怜。"又是一声叹息，这一次是加了三条着重线的，随后又朝那封信微微地点了点头（由于职务的缘故，她对信的内容当然是了解的）。

"不，说实话，我……可是究竟为什么？"

"不，不，我亲爱的，我比您自己更了解您。我早就在观察您了，并且看得出，您需要一个阅世很深的人和您在生活中携手同行……"

我感到全身都贴满了她的微笑，这倒像是一帖膏药，可以用来治疗我手中那封颤抖的信将要加给我的创伤。末了，她透过羞涩的眼睛闸门，用极低的声音说：

"我想一想，亲爱的，我想一想。您尽管放心，一旦我有了足够的勇气……不，不，我还是应当先想一想再说吧……"

伟大的造福主啊！难道我真的命中注定……难道她真的想说……

我两眼一片昏花，看到的是成千上万条正弦曲线，手中那封信不是在颤抖，而是在跳动。我走近墙边明亮的地方。那儿的阳光逐渐暗淡下来，在我身上、地板上、我手上、那封信上洒下了越来越浓重的、殷红色的、凄凉的余晖。

信拆开了，赶快看署名是谁——不是 I-330，是 O-90……这是第一道伤口。信笺的右下角有一片漫散开来的墨渍，这儿溅上了墨水——这是另一道伤口。我讨厌污渍，无论是墨渍还是别的什么渍，我都讨厌。我知道，要是在从前，看到

119

这种污痕，我只是感到不舒服，感到碍眼而已，可是现在，这么一个小小的灰点倒好像是一片乌云，看到它，我的心情越来越沉重，越来越阴郁。这到底是什么原因呢？也许又是那个"心灵"在作怪？

信：

您知道……也许您并不知道……我无法有条不紊地写下去——也顾不上许多了。现在您知道，对于我来说，离开您就连一个白昼、一个清晨、一个春天都不复存在了。因为 R-13 对于我只不过是……唉，这对您倒是无关紧要。不管怎样，我对他还是十分感激的。这些日子里如果没有他，我一个人真不知会怎么样……在这些个日日夜夜里，我仿佛度过了十年，也或许是二十年。我的房间好像不是方的，而是圆的。我没完没了地兜圈子，兜了一圈又一圈，结果都是一样的，没有任何出路。

我不能没有您，因为我爱您。我看得出来，我明白，在这个世界上，除了那个女人，您现在谁也不需要。您也明白嘛，既然我爱您，我就应该……

只消再有两三天的时间，就可以把支离破碎的我好歹修补起来，哪怕能稍许像原先的 O-90 就行。我就亲自前去申请，注销我对您的登记。这样您一定会感到好些，这样您一定会感到很好。我今后永远不再来了……

别了！

O-90

永远不再来了。这当然好，她说得对。可是为什么？到底是为什么……

笔记之十九

提要：三次无限小。瘪额头的人。翻过护栏。

是在挂着一长串昏暗的小电灯的那条奇怪的长廊……不，不对，不是在那儿，是在那以后，在我们来到古屋庭院一个僻静角落的时候，她对我说了声"后天"。这"后天"就是今天。一切都好像长了翅膀，就连白昼也在飞逝，我们的"一体号"也已经有了翅膀：火箭发动机已安装完毕，今天又进行了空转试车。那一声声像排炮齐鸣的巨响，多么庄严、威武。每一声巨响，在我听来，都是对我唯一的她表示敬意的礼炮，也是庆祝今天这个日子的礼炮。

当发动机完成第一个冲程时（这等于一次发射），喷口下面刚巧有十来个制造现场的号民在那里卖呆——他们顿时

121

化为乌有，除了骨渣和油烟，别无所存。我怀着骄傲的心情，在这里记上一笔：我们的工作节奏并没有因此而停顿一分一秒，没有一个人为之大惊失色。我们和我们的机器，就像什么也没有发生一样，依然精确无误地继续着自己的直线运动和圆周运动。十名号民只不过是大一统国民众的一亿分之一。在做实用性的统计时，这只是一个三次无限小，可以忽略不计。古人由于对算术学无知而常生怜悯之心，在我们看来是很可笑的。

昨天的事在我看来也很可笑：为了一个小小的灰点，为了一块墨渍而耿耿于怀，甚至还写进了笔记。这也是一种"表层软化"现象，而表层应该坚硬如钻石，就像我们的墙壁一样（古代有这样一句俗语："豌豆撞墙，格格不入"①）。

16点。我没有去参加额外增加的一次散步：说不定她会突发奇想，刚巧在这个时候跑来，因为这个时候阳光下的万物都喧闹起来了……

整幢大楼里，几乎只有我一个人。透过被阳光照得通明的玻璃墙，我可以看到左右两侧和脚下很远的地方：一个个空荡荡的房间悬在空中，它们就像镜子里的映像，彼此完全一样。只是在那条淡蓝色、被阳光的墨汁点染得微暗的楼梯

---

① 在俄语中，这个俗语用来形容所说的话（劝告、建议）遭到拒绝、抵制。

上，有一个瘦长的、灰色的影子慢慢地爬上来。这不，我已经听见脚步声了——而且透过那扇门也看见它了——只觉得膏药似的微笑已经贴到了我的脸上——然而那个影子却走了过去，从另一个楼梯下去了……

号码显示器响了。我的两只眼睛紧紧地盯住那条狭长的白色显示窗——原来……原来是一个我不认识的男性号民（号码前面是一个辅音字母）。电梯嗡嗡地响了一阵，门砰的一声关上了。我眼前是一个大额头，活像一顶歪戴在脑袋上的帽子，而那一对眼睛……给人一种奇怪的印象：他说话的声音好像是从额头下面的眼睛那儿发出来的。

"这是她给您的信……（那声音来自额头的下面，来自好似遮阳篷的额头下面。）她请您务必照着信上说的去做。"

他从额头下面，从遮阳篷下面向四周扫了一眼。咳，没有人，什么人也没有，快给我吧！他又往四下里看了一眼，这才把那封信塞给了我，然后就走了。屋里只有我一个人。

不，不是一个人：信封里掉出一张粉红色票券，还有一股淡淡的气味——那是她的体味。是她，她要来，来找我。快点看信，只有看了信才能亲眼看到这个消息，才能彻底证实这个消息……

什么？不可能！我又看了一遍——一目数行地看了一遍："票券……您务必拉下墙幔，就好像我真的在您这儿……我必须让人家以为我……我感到非常非常遗憾……"

我把信撕得粉碎。我从镜子里一眼瞥见了自己那两道弯曲得走了样的一字眉。我拿起那张票券，正要把它像信一样……

"她请您务必照信上说的去做。"

我的手软了下来，张开了。票券从手里滑落到桌子上。她比我强硬，看来我只得照她的意愿去做了。不过……不过也难说：等着瞧，离晚上还早着呢……票券仍放在桌子上。

镜子里又照见我那两道弯曲得走了样的一字眉。为什么我今天不也搞一张医生证明呢：那样就可以出去走走，贴着绿色长城边上一直不停地走下去，然后倒头躺在床上，一下子沉入梦乡的海底……可是，我现在必须去第13号大课室，我必须用力控制自己，才能一动不动地坐上两个小时，两个小时啊……可是这个时候我只想大喊大叫，捶胸顿足。

大课室里正在讲课。奇怪得很，那台亮闪闪的机器发出来的不是平时那种金属声音，而是一种软绵绵、毛茸茸、苔藓般的声音。是一个女人的声音，我仿佛看见了这个女人，她长得很像从前的一个老太太，个子矮小，脊背弯曲，对了，就像古屋门口的那个老太太。

古屋……突然我心底的一切像喷泉一样一股脑儿地涌了上来。我得使出全身的力气克制自己，才不至于喊叫出来，否则我的喊叫声会把整个大课室淹没。软绵绵、毛茸茸的话语就像秋风过耳，我只听进去几句有关儿童和育儿学方面的话。我就像感光胶片一样，冷眼旁观，漠不相干，不加思考而又精确无误地把这一切都印在自己的脑海里：一把金色的镰刀——那是扩音器上的一道反光；扩音器下面有一个婴儿，是实物教具，他正伸出手去够那个镰刀形的反光；他嘴里塞着小小统一服的衣襟；他的小拳头攥得紧紧的，把大拇指（确切说是很小的指头）压在里面，手腕上有一道浅浅的、胖乎乎的褶纹。我像感光胶片似的记录着：一条裸露着的小腿已经悬在桌子的边沿上，扇面似的粉红色小脚趾正向半空踩过去——眼看就要摔下去了……

突然，一个女人大喊一声，她扇动着统一服透明的翅膀飞上了讲台，抱起那个婴儿，嘴唇紧贴在他手腕上胖乎乎的褶纹上，把他移到桌子中间，然后走下了讲台。我脑海里印下了尖角朝下的、粉红色的弯月形嘴巴，还有两只泪水盈眶的蓝色大眼睛。这是 O-90。我就像在看一个完整的公式似的，突然意识到这件小事虽然微不足道，却有它的必然性和规律性。

她在我左边稍稍靠后一些的位子上坐了下来。我扭头看了一下，她乖顺地把目光从婴儿所在的那张桌子上移开，转而注视着我，审视我的内心。于是她、我和台上的桌子形成三个点，通过这三个点连成三条线——这是一些必然发生的、还无法预见的事件的投影。

我回家时走在一条暮色朦胧的绿色街道上，燃着的路灯像无数只大眼睛。我听见我全身都在滴答作响，就像钟表一样。我身上的指针眼看就要越过某个数字，我将做出某种无可挽回的事。她需要的是让某人以为她在我这儿，而我需要的是她，她的"需要"与我有什么相干。我不愿意为别人充当掩人耳目的墙幔。不愿意，就是不愿意。

身后传来了熟悉的、仿佛走在水洼里似的吧唧吧唧声。我已经无须回头看就知道是 S-4711。他将一直跟我走到门口，然后肯定会站在楼下的人行道上，用眼睛里的小钻头往上边钻去，钻进我的房间，直到遮掩别人罪孽的墙幔落下才肯罢休……

他，守护神，满以为万事大吉了。可我认为，还没有。我已拿定了主意。

当我上楼走进房间扭开电灯开关时，我简直不敢相信自己的眼睛：O-90 站在我的桌旁。确切地说，她是挂在那儿，就像一件脱掉的、空空如也的衣服挂在那儿——衣服里仿佛没有一点点生机，胳膊和大腿是僵直的，说话的声音也是僵硬的、没有生气的。

"我来是为了我那封信的事。您收到了吧？是不是？我要您给我一个答复，今天就要。"

我耸了耸肩。我看着她饱含泪水的蓝眼睛，心里得意扬扬，好像一切都是她的过错。我故意拖延了一会儿而不马上回答，而后才又不无得意地、一字一顿地对她说：

"答复？那好吧……您是对的。您当然是对的。您统统是对的。"

"这么说……（她强装笑脸以掩饰微微的颤抖，但是我看得出来）那就好极了！我这就……这就走。"

她仍旧挂在桌子那儿。眼睛、腿、胳膊都下垂着。桌子上还摆着那个她的粉红色票券。我急忙摊开我的这份手稿——《我们》，用它的纸页盖住那张票券（与其说是为了挡住 O-90 的视线，不如说是为了挡住我自己的视线）。

"这不，我一直在写。已经写了 107 页了……有些章节简直出乎意料……"

这是她的声音，或者说是她声音的影子：

"还记得吧……那一次我在您的第 7 页上……我在您那页稿纸上滴了一滴眼泪，您就……"

蓝色大眼睛里的泪水已夺眶而出，顺着脸颊无声地、急促地流淌下来，急促的话语也夺口而出：

"我受不了啦，我这就走……我永远不再来了，这倒无所谓。我只是想要……我应该有个您的孩子。给我留下一个孩子我就离开，一定离开！"

我看见统一服里面的她在全身发抖，而且我感到我自己马上也要……我把两手交叉放在背后，笑了笑说：

"怎么？您想尝尝造福主那台机器的滋味吗？"

于是她的话又像决堤的河水一样向我冲过来：

"就算是这样吧！可是我会感觉到……我会感觉到我身上怀着的他。哪怕只有几天也好……我想看一眼，哪怕只看一眼他腕上的褶纹，就像上次在大课室的桌子上看到的那样。只要一天就行！"

三个点：她，我，桌子上那个长着胖乎乎褶纹的小拳头……

我记得小的时候，有一次我们被人带去参观蓄能塔。在塔的最高一层，我扒着玻璃护栏往下看，地上的人们看上去就像一个个小黑点儿，我高兴得心怦怦直跳："要是跳下去会怎么样？"那一次我只是把扶手抓得更牢了，要是现在，我就跳下去了。

"这么说，您是一定想要啦？您明明知道……"

她仿佛直对着太阳似的闭上眼睛，含着泪花嫣然一笑。

"是的，是的！我想要！"

我抓起手稿下面那个她的粉红色票券，跑下楼去找管理员。她拉住我的手，喊了句什么。这句话的意思，等我返回来时才弄明白。

她坐在床边上，两只手紧紧地夹在膝盖中间。

"这是……这是她的票吧？"

"还不是一样嘛。对，就是她的。"

什么东西咯吱响了一下。很可能是 O-90 动了一下。她坐在那儿，手夹在膝盖中间，默不作声。

"怎么啦？快点嘛……"我粗暴地捏了一下她的手，于是在她的手上，就是小孩长着圆鼓鼓褶纹的部位，留下了几道红印（明天就会变成紫斑）。

这是最后的一幕场景。然后关了灯，思想逐渐熄火，眼前是一片漆黑，冒着金星，于是我翻过护栏往下……

笔记之二十

提要：放电。思想的材料。零位悬崖。

放电，这是一个最切近的形容词。现在我发现，我的状况正是放电现象。最近这些日子，我的脉搏越来越干燥，越来越快，越来越紧张——正负两极越来越接近，已经发出干裂声，只要再接近一毫米，就会发出爆炸声，然后是一片静寂。

我的内心现在十分平静，空空荡荡，就像一幢房子，所有的人都走出去了，只有你一个人卧病在床，你可以十分清晰地听到思想发出的金属般清脆的敲击声。

也许正是这种"放电"终于治愈了使我备受折磨的"心灵"，我又和我们大家一样了。至少我现在在想象中看到 O-90 站在立方体的台阶上或者躺在钟形瓦斯罩下面时，丝毫不感到痛心了。因此，即使她在手术局那边供出我的名字，我也不在乎了：我要在最后的一刻虔诚地、感激地亲吻造福主那只实施惩罚的手。对于大一统国来说，我享有接受惩罚的权利，而我绝不会拱手出让这个权利。我们每一个号民都不应该，也不敢放弃这个唯一属于自己，因而也是最珍贵的权利。

……思想发出细微的、金属般清脆的敲击声，一辆无形的飞车正在把我送上充满我所喜爱的抽象概念的碧空。在这空气最纯洁、最稀薄的高空中，我看见我的"有效权利"论断像充气轮胎一样，扑哧一声破碎了。我看得很清楚，这不过是古人荒谬的偏见——"权利"观念的遗毒罢了。

有的思想是泥塑的，有的思想则是为了永恒而用黄金或我们贵重的玻璃雕塑而成的。要想鉴别思想是什么材料制作的，只需给它滴上一滴强酸就行。古人也了解一种强酸——reductio ad finem[1]，他们好像是这么叫的。但是，他们害怕这

---

[1] 拉丁文，意为"还原剂"。

种有毒的东西。他们宁愿欣赏泥塑的、玩具似的天空，而不愿意看到蓝色的虚空。而我们——荣耀归于造福主！——都是成年人，我们不需要玩具。

现在让我们在"权利"观念上滴上一滴强酸试剂。即使在古代，一些最成熟的人也懂得：权利的根源是力量，而权利又是来自力量的功能。我们面前是一架天平。天平的一端是一克重的砝码，另一端是一吨重的砝码；一端是"我"，另一端是"我们"，即大一统国。显然，认为"我"相对于大一统国，可以享有某些权利，和认为一克可以抵得上一吨，完全是一回事。由此可得出一种分配方式：给"吨"以权利，给"克"以义务，于是就有了由渺小到伟大的不二法门：忘记你是一克，而把自己当作百万分之一吨……

你们，体格丰满、面色红润的金星人，还有你们，像铁匠一样黑脸膛的天王星人，我在自己的蓝色寂静中听到你们由于不服气而窃窃私语。可是你们应该明白，一切伟大的事物都是简单的。你们还应该明白，只有算术四则才是永恒而不可移易的。而道德只有建立在算术四则基础上才是伟大、不可动摇、永恒的道德。这是至高无上的哲理，这是千百年来人们不惜汗流浃背、气喘吁吁而奋力攀登的那座金字塔的顶峰。站在这个顶峰上看下去，只见金字塔的底部还有一些东西在狗苟蝇营，那就是我们身上残留下来的先祖的野性。

从这个顶峰上看下去，无论是违法生育的母亲 O-90，杀人犯，还是那个胆敢写诗诽谤大一统国的狂人，他们都是一样的，因而对他们的判决也是一样的——一律处以死刑。这是最公正的裁判，也正是那些沐浴着历史早期天真质朴的玫瑰色霞光、居住在砖石房屋里的人们所憧憬的公正裁判。他们的"上帝"对于亵渎神圣教会罪也同样是按杀人罪惩处的。

天王星人，你们生性冷酷，肤色黝黑，很像那些擅长施用火刑的古代西班牙人。你们沉默无言，我想你们是站在我这边的。不过，我却听到面色红润的金星人在那里大发议论：什么刑讯逼供呀，什么滥用死刑呀，什么又退回到了野蛮时代呀，等等。我亲爱的金星人，我很同情你们，因为你们不善于用哲学和数学方法进行思考。

人类的历史就像飞车，是一圈又一圈地盘旋上升的。圈子与圈子不同，有金灿灿的圈子，也有血淋淋的圈子，但是它们都同样分成 360 度。例如，从 0 度出发，往前经过 10 度、20 度、200 度、300 度，然后又抵达 0 度。是的，我们又回到了 0 度，的确如此。但是，我这个数学头脑看得很清楚，这个 0 全然不同于那个 0，这是一个新的 0。因此，原先的正 0 换上了负 0。你们明白吗？

这个 0 在我看来仿佛是一个无言的、巨大的、狭长的、尖刀般的峭壁。在一片凶险骇人的漆黑中，我们屏住气息拔锚起航，驶离零位峭壁黑夜一侧。千百年间，我们这些哥伦布式的探险家们曾一直航行在大海上，我们围绕整个地球航行了一圈，终于发出了胜利的欢呼！在礼炮声中，我们大家爬上了桅杆，展现在眼前的是零位峭壁迄今不为人知的另一侧——这是一块淡蓝色的巨石，在大一统国的极光照耀下，放射出彩虹和阳光般五彩缤纷的小星星，就像是数以百计的太阳、数以十亿计的彩虹……

别看把我们和零位峭壁隔开的仅仅是一把刀子的厚度。刀可是人类所创造的最坚固、最不朽、最天才的物件。刀曾经用在断头台上，刀是斩断乱麻无往不利的办法，从刀刃上通过的路布满了荆棘般的悖论——这是唯一无愧于大智大勇者的道路……

笔记之二十一

提要：作者的责任。冰层隆起。最难能可贵的爱。

昨天是她的日子，可是她又没有来，并且又送来一张含混不清，什么也没说明白的字条。但是我很平静，平静得很。如果说我终归还是按照她字条上的吩咐去行事了，如果说我还是把她的票券送到了值班员那儿，然后放下墙幔，独自待在自己房间里，我之所以这么做，当然不是因为我无力违抗她的意愿。笑话！绝对不是！原因很简单：墙幔把我和那橡皮膏似的微笑隔开之后，我就可以安静地写我面前的这部书稿了，此其一。其二，我怕失掉 I-330，她可能是揭开所有的谜（衣柜的奇遇，我的短暂死亡等等）唯一的线索。我现在认为，即使仅仅作为本书的作者，我也有责任解开这些未知数，更何况人从本能上就憎恶未知数，而 homo sapiens[①]，只有在他们的语法中不再有问号，而只有叹号、逗号、句号之时，才是名副其实的人。

我觉得，正是出于作者的责任感，我今天 16 点的时候才驾起飞车，再次飞往古屋。当时迎面刮来狂风，飞车艰难地穿行于气流的密林之中，好像有无数透明的树枝在呼啸着，抽打着。下面的城市看上去就像是用浅蓝色的冰块堆积起来的。突然飘来一块云，顷刻之间洒下一片斜影，冰块变成了铅灰色，膨胀起来。这情景就好像春天，你站在岸边等待，以为坚冰马上就要裂开，松动，旋转，顺流而下，然而那坚冰纹丝不动，而你倒觉得你自己在膨胀，心里发慌，心跳加快（不过，我何必要写这些呢？这些奇怪的感觉从何而来呢？

---

① 拉丁语，原意为"有智能的人"，此处借指早期的人类。

因为并没有一种破冰船能够摧毁构筑我们生活的那种最透明、最坚固的水晶玻璃……）。

古屋的入口处没有人。我巡视了一圈，才在绿色长城边上发现了看门的老太太，她正用手遮挡着太阳往天上看。长城上空盘旋着几只黑色锐角三角形的什么鸟，它们嘎嘎叫着俯冲下来，胸脯撞到坚固的电波护栅便退下阵来，重新盘旋在长城上空。

我觉察得到，一道道阴影从她那张黝黑的、布满皱纹的脸上掠过，她向我迅速投来一道目光。

"没有人，没有人！是的！也没必要在这儿走来走去。没必要！"

"没必要"是什么意思？哪儿来的这种怪念头，总是把我只当成什么人的影子。也许你们自己才都是我的影子呢。难道不是我安排你们住进这一页页书稿里的吗？这些书稿原来可都是一张张四方形的空白纸呢。要不是我带领着人们从字里行间的羊肠小道走过，他们能看得见你们吗？

当然，这番话我并没有对老太太说。我凭着个人的经验懂得，最令人痛苦的事，就是引得某人怀疑他自己是一个实体，是一个三维的实体，而不是别的什么实体。我只是很生硬地说，开门是她应该做的事，她才放我进了院里。

院子里空空荡荡，鸦雀无声。墙外的风声显得很遥远，就像那天我们肩贴着肩，二位一体地走出地下长廊时一样——如果确有其事的话。我走在石拱下面，脚步声碰到拱顶又折回来落在我身后，就好像有一个人总在跟踪我。嵌有红砖的黄色墙壁透过墨镜似的方形窗口在窥视着我，看我如何推开吱呀作响的杂物仓房门，看我如何探头张望各处的角落。围墙上有一扇门，通向一片荒芜的空地——这是二百年大战的遗迹。地下裸露着一根根石质的肋拱，残垣断壁张着黄色大口。一只古代的火炉，竖着一根高烟囱，看上去很像一艘船舰的化石，永久地凝固在红黄砖石的浪花中。

这些黄色的齿状物，我仿佛曾经看见过——就像是在海底隔着厚厚的水层似的模糊不清。于是我开始搜寻。我忽而跌进坑里，忽而绊在石头上，忽而又被锈蚀斑斑的铁爪钩住衣服，额头上冒着大汗，咸津津的汗水流进眼睛里……

哪儿都没有。地下长廊的出口哪儿也找不到——这个出口不见了。不过，这也许是件好事，更加证明那一切可能只是我的一个荒唐的"梦"而已。

我浑身挂满了蜘蛛网和灰尘，拖着疲惫的身子，已经推开围墙的门，准备回到大院去。突然从身后传来窸窸窣窣的摩擦声和吧唧吧唧的脚步声，转身一看，映入眼帘的是S-4711那两只粉红色的招风耳和双折弯的微笑。

他眯起双眼，把两个小钻头钻进我的身体，然后问了一句：

"在散步吗？"

我没有答话，只觉得两只手挺碍事。

"怎么样，好些了吗？"

"是的，谢谢您。好像正在恢复正常。"

他放开我，自己却朝天上看去。他的头向后仰着，我第一次注意到他的喉结。

头顶上不太高（五十米左右）的地方，有飞车在嗡嗡地飞着。它们飞得又慢又低，而且还把瞭望镜的黑色长筒对着下面。我一看就知道它们是护卫的飞车。但是，不像往常那样只有两三辆，而是多达十辆到十二辆（很遗憾，我只能给一个约略的数字）。

"为什么它们今天出动这么多？"我壮起胆子问。

"为什么？哦……一个真正的医生总是趁着人还健康的时候就着手为他治疗，尽管这个人要在明天，后天或一周之后才发病。这叫作防患于未然！"

他点了一下头，就踩着院内的石板吧唧吧唧地走开了。后来他又扭过头来，转过头冲我说了句：

"您可要多加小心哟！"

又是我一个人了。鸦雀无声，空空荡荡。远处，绿色长城上空，鸟儿飞上飞下，风儿在狂奔。他这话是什么意思呢？

我的飞车犹如顺流而下，疾速地飞行着。云朵洒下轻盈而又浓重的影子，下面是一个个浅蓝色的圆顶，一个个冰铸似的立方体，它们渐渐变成铅灰色，渐渐地隆起……

傍晚。

我摊开了手稿，以便就伟大的全民一致节①写一点我认为（对各位读者）不无裨益的想法——这个日子已经临近。可是我发现，我现在写不下去，我老是在竖起耳朵倾听风扇动黑色翅膀击打玻璃墙的声音，老是在东张西望，在等待。等待什么？不知道。当我熟悉的红褐色鱼鳃脸出现在我的房间时，我高兴极了，我说的是心里话。她坐了下来，坚守贞操地展平了凹进膝盖之间的裙褶，并很快地把我全身贴满了微笑——每一条裂缝贴上一块微笑，于是我感到身体各部位被胶合在一起了，既舒服又牢固。

"您猜怎么着，今天我一进教室（她在一个儿童教养工厂工作），就看见墙上有一张漫画。真的，真的，向您保证！他们把我画成鱼的模样。也许我的确……"

"不，不，瞧您说的。"我急忙插了这么一句（凑近一看很清楚，还真的没有一点像鱼鳃的地方，所以我写过的关于鱼鳃的话，是完全不恰当的）。

---

① 显示"大一统国"全体号民思想、言论、行动一致的节日。

"其实这倒是无关紧要。可是您该明白，问题在于这种行为本身。我当然叫来了护卫。我很爱孩子，我认为，最难能可贵的爱就是严酷。您明白吗？"

这还用问嘛！这正和我的想法不谋而合。我按捺不住了，迫不及待地把笔记之二十中的一段念给她听。这一段开头的那句话是："思想发出细微的、金属般清脆的敲击声……"

我不用抬眼看就知道她红褐色的脸颊在颤抖，并且越来越近地向我移过来，突然她把瘦巴巴的、硬撅撅的，还有些扎人的手指伸进我的手里。

"把它给我，给我！我把它录下来，叫孩子们学会背诵它。比您那些金星人更需要它的是我们，我们现在需要，明天需要，后天还需要。"

她回头看了一下，把声音压得低低地说：

"您听到了吗？有人说，在全民一致节那天……"

我一下子跳了起来，忙问：

"什么，有人说什么？在全民一致节那天怎么样？"

舒适的四壁不复存在了。我顷刻之间觉得自己仿佛被抛到了屋外，那里狂风怒号，乌云低垂……

Ю果敢而坚决地搂住了我的肩膀（不过我觉察到她的指骨在颤抖，与我的激动产生共振）。

"坐下来，亲爱的，不要激动。人家说什么的都有，不必当真……再说，只要您需要，到那天我来陪伴您，我把学校里的孩子托付给别人，就跟您待在一起，因为您，亲爱的，不也是个孩子嘛，您也需要……"

"不，不，"我摆着手说，"这绝对不行！那样您就会真的以为我是个孩子，以为我一个人不能……这绝对不行（坦白地说：那天我另有安排）！"

她微微一笑，这副笑容的潜台词显然是："嘿，好一个倔脾气的孩子！"然后她坐了下来，眼睛看着下面，两只手很难为情地把又凹进两膝之间的裙褶拉平，这才把话题一转说：

"我想我该拿定主意了……为了您……不，我求求您，可不要催我，我还得再想一想……"

我并没有催她。不过，我也明白，我会是一个幸福的人的，陪伴别人安享晚年，那将是莫大的荣幸。

……我通宵都在做梦，梦见一些翅膀，我抱着脑袋走路，躲避那些翅膀。然后又梦见一把椅子，但不是我们现在用的那种椅子，而是一把古代式样的木椅。它像匹马似的捯换着四条腿（右前腿——左后腿，左前腿——右后腿），跑到我的床边，爬上了床。我喜欢木椅，虽然坐上去很不舒适，并且硌得很疼。

真奇怪：难道就不能发明一种办法医好这种多梦症或者使它变得合乎理性，甚至有益吗？

笔记之二十二

提要：凝固了的波浪。一切事物都在不断地完善。我是个细菌。

请您设想您正站在岸边：只见那波浪一起一伏，节奏井然，突然，掀起的浪头停住了，凝固不动了。这种情景可怕而又反常。同样可怕而又反常的是：一次我们正在按照《作息条规》散步，突然乱了脚步，散了队形，大家都停了下来。据我们的编年史家说，最近的一次类似情况发生在一百一十九年以前：一块陨石拖着烟雾嗖嗖响着从天而降，落在正在散步的人群之中。

我们正在散步，和往常一样，也就是说，像亚述人石碑上雕刻的士卒那样：一千个脑袋，却只有两条重叠的、统一的腿，两只甩动着的、统一的胳膊。在大街尽头，在蓄能塔发出惊心动魄的轰鸣声的地方，有一个方队朝我们迎面走来。方队的前后左右都是卫兵。方队的中央是三个号民，他们统一服上的金色号牌已经被摘掉。这一切真是触目惊心。

蓄能塔塔顶上巨大的时钟刻度盘就像是一张脸，从云端俯视下方，不时地喷吐着分分秒秒，漫不经心地等待着。就在13点零6分的时候，方队中发生了骚动。出事地点离我很近，最微小的细节我都看得很真切。非常清晰地印在我记忆中的是细长的脖颈和太阳穴纵横交错的青筋，而那些青筋就像印在一张小小未知世界的地图上的河流。这个小小未知世界显然是一个少年。大概他认出了我们队列中的哪一个人，便踮起脚跟，伸长脖子，停了下来。一个卫兵操起电鞭，把淡蓝色的火花射在青年身上。那青年像小狗似的尖叫了一声。接着又是一声响亮的鞭击声。大约每隔两秒钟就听见一声鞭击，每一次鞭击之后都传来一声尖叫。

我们仍旧像亚述人那样，步伐整齐地走着，而我望着电火花形成的美丽的Z字形光束时心中在想："人类社会中一切事物都在不断地完善，永无止境，而且应当不断完善。古代的鞭子是一件多么不堪入目的工具，而我们现在的却是那么赏心悦目……"

就在这当口儿，有一个身材瘦小却又充满活力的女人，口里喊着"住手，不许打人"，就像离弦之箭，飞出我们的队列，径直冲向那个方队。这一情景很像一百一十九年前一块陨石落地一样：全体散步的人顿时裹足不前，而我们的队列仿佛变成了因寒潮突然袭来而被封冻的灰色浪峰。

有一秒钟的工夫，我也和大家一样，以局外人的目光看着她，因为她已经不再是一个号民，而只是一个普通人了。她的存在只不过是大一统国蒙受羞辱的抽象实据而已。但是，她的一个动作——转身把臀部扭向左边，使我顿时猛醒：我认识，我熟悉这个柔韧如枝条的身段，我的眼睛、我的嘴唇、我的双手都熟悉它。我当时对此坚信不疑。

两个卫兵冲过去拦截她。在眼下还明彻如镜的路面的一个点上，他们的轨迹马上就会相交，她马上就会被抓起来……我的心怦的跳了一下，就停止了跳动。我顾不上考虑这样做是可以还是不可以，是唐突还是理智，就朝那个点猛扑过去……

我感到有几千双由于惊恐而圆睁的眼睛在注视着我，然而这却使得从我身体里挣脱出来的野性的、臂膀多毛的另一个我平添了铤而走险的勇气，于是这另一个我越跑越快。就在只差两步的时候，她转过身来了……

我眼前是一张布满雀斑、颤抖着的脸和两道棕红色的眉毛……不是她！不是 I-330。

我欣喜若狂，乐不可支。我真想喊出"抓得对""别让她跑了"之类的话，但是我听到的只是自己的低声细语。我感到有一只手已经重重地落在我的肩上，我被扭住，押着往前走。我极力向他们解释：

"请听我说，你们应该明白，我原本以为这是……"

但是，又怎么能把我自己的一切说得清楚，怎么能把本书中记述的那种疾病说得清楚。我的心逐渐凉了下来，乖乖地往前走着……一片叶子被骤起的阵风从树上刮离，也只得乖乖地向下落去，但是它飘落在半空时总要旋转几圈，总想挂在每个熟悉的枝条、树杈、树节上。我也像树叶一样，试图把目光滞留在每个默默无言的球形脑袋上，滞留在透明的玻璃墙上，滞留在蓄能塔直插云天的蓝色塔尖上。

一道严实的帷幕即将把我和这个美好的世界完全隔离开来，就在这时，我看见不远的地方，有一个熟悉的硕大的脑袋，甩动着翅膀似的粉红色臂膀，踏着明如镜面的马路滑行过来。我耳边响起一个熟悉的、平板的声音：

"我认为我有责任出面做证，号民Д-503身患疾病，他没有能力控制自己的感情。我确信，他是受到了本能的支配才发火的……"

"对，对，"我不失时机地插话说，"我还喊了一句'抓住她'呢！"

背后有人说："您什么也没有喊。"

"对，可是我想喊。对造福主发誓，我是想喊的。"

一秒钟的工夫，我被他眼睛里两把冰冷的灰色小钻头钻了个透。不知道他是看出我这番话（差不多）是真话呢，还是他怀有某种不可告人的目的，想暂时再放过我一次，反正他只是写了一张条子，交给押解我的卫兵，我就又自由了，确切地说，我又被收容到整齐的、看不见队尾的亚述人队列中去了。

那支方队——雀斑脸和画着蓝色河流地图的太阳穴也在其中——消失在大街的拐角，永远消失了。我们的队列在行进，就像一个长着百万个脑袋的身躯，我们每个人都充满了多半只有分子、原子、吞噬细胞才享有的那种随顺的欢乐。在古代世界，我们唯一的（虽则并不是完美无缺的）先驱者基督徒懂得这样一个道理：随顺是美德，骄傲是恶德；"我们"出自上帝之手，"我"则是魔鬼所生。

就说我吧，虽然与大家步调一致地往前走着，但毕竟是貌合神离。由于刚受了一番惊扰，我就像有一列古代钢铁制造的列车刚刚隆隆通过的桥梁一样，还在全身发抖。我感觉得到自己。只有眯进了沙子的眼睛、化了脓的手指、坏了的牙齿才感觉得到自己，才感觉得到自己的个性。健康的眼睛、手指、牙齿则不然，它们仿佛是不存在的。自我意识不过是一种疾病，难道这不是很明显吗？

我也许不再是一个干练而又沉稳地吞食着细菌（太阳穴青筋暴突的细菌、雀斑脸的细菌）的吞噬细胞了。我也许就是一个细菌。在我们这些像我一样冒充吞噬细胞的人们当中，细菌也许有上千个之多……

今天发生的一切，其实是一件无关宏旨的小事。但是，如果这一切仅仅只是一个开端，只是第一块陨石，而随后将有数不尽的轰鸣着、燃烧着的石块被无穷大抛撒到我们这个玻璃构筑的天堂——如果是这样，将如何是好呢？

笔记之二十三

提要：花朵。晶体的溶解。只要。

听说，有百年才开一次的花。为什么就没有千年、万年开一次的花呢？我们之所以至今还不知道，也可能就是因为这个"千年一次"今天才到来的缘故。

我欣喜若狂地跑到楼下值班员那里。只见四周围千年的蓓蕾悄然无声地迅速绽开，竞相开放的是：扶手椅，套鞋，金色号牌，电灯泡，睫毛长长的黑眼睛，楼梯雕花玻璃立柱，失落在楼梯上的头巾，值班员的小桌，Ю 俯在小桌上的那张长满花斑、呈现柔和棕红色的脸颊。一切都是异样的、新奇的、多情的、粉红的、滋润的。

Ю 接过我手中的粉红色票券，从她头顶上看过去，玻璃墙外边，一轮明月挂在无形的树枝上——那月亮是淡蓝色的，还散发出清香。我兴冲冲地指点着说：

"月亮，您明白吗？"

Ю 先看了看我，又看了看票券上的号码，而我又看到她那个熟悉的、迷人的、坚守贞洁的动作：展平两膝之间的裙褶。

"亲爱的，您看上去不正常，是一种病态，因为不正常和患病是一码事。您在糟蹋您自己。这话谁也不会对您说，谁也不会的。"

这个"谁"当然就是票券上的号码I-330。美丽动人的Ю！您当然是对的。我丧失了理智，我被病魔缠身，我的病叫作"心灵"，我是一个细菌。然而，开花就不是一种疾病吗？蓓蕾绽开时就不疼吗？您是否认为精子是一种最可怕的细菌呢？

我在楼上自己的房间里。I-330坐在宽大的扶手椅里。我坐在地板上，两只手抱住她的双腿，头抵在她的膝盖上，我们两人都默默不语。鸦雀无声，听得见脉搏在跳动……我仿佛变成了结晶体，在她——I-330的身上渐渐融化着。我真真切切地感觉到，那些从空间上限制我的、似经打磨而成的棱角，正在一点一点地融化——我正在一点一点地消失，在她的膝间、在她的身上融化。我变得越来越小，而与此同时却又逐渐增宽，增大，越来越辽阔无际。因为她不是她，而是宇宙。在一秒钟的时间里，我和我床边这把充满欢乐的扶手椅——我们结成了一个整体。古屋门前那个挂着甜美微笑的老太太，绿色长城外面的莽莽密林，像老太太打着瞌睡似的、黑得银白的瓦砾，那扇远在天边刚刚砰的一声关上的门——

这些依然留存在我心里，依然与我同在，它们在听着我的脉搏，在和我一起度过这美好的时光……

我荒唐可笑地、颠三倒四地、啰里啰唆地说了一大堆，试图对她说明我是个晶体，因此我心里装着一扇门，因此我感到扶手椅是幸福的。可是让人听起来如堕五里雾中，我只好把话打住，羞愧难当：就凭我——竟然如此……

"可爱的I-330，原谅我吧！我真不明白，我怎么尽说蠢话……"

"你凭什么认为愚蠢就不好呢？如果我们对待人类的愚蠢，也像对待智慧那样，千百年如一日地去精心培养教育它，也许早就把它培养成某种难能可贵的品质了呢。"

"是的……"（我觉得她的话是对的——她的话现在怎能不对呢？）

"正是为了你的愚蠢——为了昨天你在散步时的所作所为，我才更爱你，爱得更深了。"

"可是你为什么要折磨我，为什么一直不来，为什么一直送来票券，为什么要逼着我……"

"也许是我要考验考验你吧。也许是我要弄清楚，你是否会去做我想要做的一切——你是否完全属于我。"

"是的，我完全属于你。"

她双手捧起我的脸——我的全身，把我的头抬高，说："那

148

么您所说的'每一个正直号民的义务'又怎么解释呢？啊？"

她露出一口甜甜的、尖尖的、白白的牙齿——她在笑。坐在宽大的扶手椅里的她，真像一只蜜蜂——她身上既有刺，又有蜜。

是啊，义务……我在心里默默地翻看着最近写的几篇笔记。的确，没有一处提到我其实有义务如何如何……

我沉默不语，只是忘情地笑着（看上去一定很蠢）。我看着她的瞳孔，看了这个又看那个，每个瞳孔里都看到了我自己：只有一毫米大的小不点儿的我，关在这两个小不点儿的温馨牢房里。接着又是——两只蜜蜂——嘴唇，花开时甜蜜的疼痛……

我们号民每人心里都装着一个无形的节拍器，发出轻微的滴答声。因此我们无需看表就知道时间，误差不超过五分钟。可是这时候，我心里的节拍器停了，我不知道过了多长时间，惊慌之中从枕头下面抓起装有钟表的号牌……

感谢造福主，还有二十分钟！但是，这些短得可笑的分分秒秒，跑得像秃尾巴兔子那么快，而我还有那么多的话要对她说。我把我的一切都讲给她听：O-90的信，我使她怀上孩子的那个可怕的夜晚。不知为什么还谈了我童年时代的事：数学老师"噼里啪啦"，-1，还有我第一次参加全民一致节的情形——那天我哭得很伤心，因为在这样的日子里，我却在

149

统一服上发现了一块墨水渍。

I-330 抬起了头，用胳膊肘撑着坐在那里。她嘴角下方两道长而深的纹路和两道吊起的黑眉毛，恰好组成一个 X。

"也许到了那一天……"她欲言又止，眉毛的颜色更浓重了。她拉起我的手，用力捏了一下说，"告诉我，你不会忘记我吧，你会永远记住我吧？"

"你为什么问起这个？你这话是什么意思，I，我亲爱的？"

I-330 没有回答，她的目光已经绕开了我，越过了我，注视着远方。我突然听见风仿佛在用巨大的翅膀拍打着玻璃（当然风是一直在刮着的，只是我这会儿才听见），不知为什么，我想起了绿色长城上空那些叫得刺耳的飞鸟。

I-330 甩了甩头，好像在抖落什么。她再一次与我全身接触片刻，就像飞车在着陆前弹跳着瞬间触到地面一样。

"好啦，把我的长筒袜递给我！快！"

长筒袜就扔在我的桌子上，就在打开的 193 页手稿上。我在慌乱中把手稿碰落到地上，散得七零八落，怎么也无法按顺序把它理好。最糟糕的是，即使理好了，也不会真的条理分明了——那些沟沟坎坎、坑坑洼洼，那些未知数依然会留下来。

"这样我受不了，"我说，"就说现在吧，你在这儿，就在我的身旁，可是总觉得好像是在古代那种不透明的墙外，我隔着墙听得见窸窣声、说话声，但听不清说的是什么，不知道墙外边是什么。这样我受不了。你说话总是吞吞吐吐。你从来没告诉过我，那次在古屋时我去的是什么地方，那些地下长廊是什么，那个医生又是怎么回事。也许这一切都是子虚乌有？"

I-330把双手搭在我的肩上，慢慢地，深深地进入我的眼睛里。

"你想知道这一切吗？"

"是的，我想知道。我应当知道。"

"你敢跟我去任何地方，并且跟到底吗？无论我带你去哪儿，你都不怕吗？"

"是的，去任何地方我都不怕！"

"很好。我答应你，等节日一过，只要……哦，对了，我总是忘记问你，你们的'一体号'怎么样，快了吧？"

"不，你把话说完，'只要'什么？你又来了不是？'只要'什么呀？"

她走到了门口才说："你自己会看到的……"

只剩下我一个人。她只留下一股淡淡的气味，那气味很像长城外边一种甜甜的、干干的黄色花粉，还有就是深印在我脑海里的那些钩形的问号。它们很像古人用来钓鱼的鱼钩（见于史前博物馆）。

……为什么她突然问起"一体号"?

笔记之二十四

提要:函数的极限值。复活节。全部画掉。

我像是一台转速开得过大的机器,各个轴承已经灼热化,再过一会儿就会流出铁水来了,一切都将化为灰烬。赶快来点冷水,来点逻辑吧!我一桶桶地浇上去,可是逻辑遇到灼热的轴承时发出咝咝的声音,然后便化作白蒙蒙的蒸汽飘散在空中了。

是啊,道理很清楚:要想确定函数的真正值,必须设定函数的极限值。同理,昨天那种"融化于宇宙之中"的荒唐行为既然被设定为极限值,也就等于死亡。因为死亡正意味着我被完全融化于宇宙之中。由此可见,假如以 L 表示爱情,以 D 表示死亡,则 L=f(D),换言之,爱情和死亡……

对,正是这样,正是这样。正因为这样,我才害怕 I-330,我才和她斗争,我才不愿意。可是为什么在我心中,"我不愿意"和"我巴不得"比肩共存呢?可怕就可怕在我巴不得再来一次昨天那种令人销魂的死亡;可怕就可怕在这样一个事实:即使现在,逻辑函数的积分已经求得,而且已经明确地看到它隐含着死亡，我还是想要她，我的嘴唇、双手、胸膛，我每毫米的肌肤都在渴求着她……

明天就是全民一致节。她当然也将去参加活动，我会看见她的，不过只能从远处看她。从远处看，会使我感到痛苦，因为我需要，我如饥似渴地切望和她在一起，让她的手、她的肩膀、她的头发……但是，即使忍受这份痛苦我也情愿。我不在乎！

伟大的造福主啊！情愿忍受痛苦，简直是胡说八道。谁不明白，痛苦是负数，而负数相加只会减少我们称之为幸福的总和。因此……

好了，不要什么"因此"了。这样倒干净利落。

傍晚。

透过玻璃的屋墙，可以看到外面令人烦躁不安的粉红色晚霞。我转动了一下扶手椅，躲开了在眼前晃来晃去的粉红色，翻看我的手稿，发现我又忘记了，我不是写给自己看的，而是写给不相识的你们看的。我爱你们，体恤你们，因为你们还在数个世纪之遥的后面蹒跚而行。

让我来谈谈全民一致节这个伟大的节日。我从童年时代起就一直喜欢这个节日。我觉得，我们过这个节有点像古人过"复活节"。记得，我常常在节日前一天编制一张以小时为单位的倒计时表。我兴致勃勃地画掉每一个小时，因为这表明节日又近了一小时，等待的时间又少了一小时……说实话，如果我确信不会被任何人发现的话，我现在也会随身带一张倒计时表，盘算着再过多长时间就到了明天，就可以看到了——哪怕就是站在远处……

（我写到这里被打断了——服装厂送来了新缝制的统一服。按照规定，为了参加明天的庆典，给我们全体每人发一套新的统一服。走廊里是一片脚步声，欢呼声，嘈杂声。）

我继续往下写。明天我将看到年年重复、年年具有新意的动人场面：虔诚地高举起的无数只手臂组成了全民一致杯。明天是一年一度选举造福主的日子。明天我们将再次把捍卫我们幸福的坚不可摧的城堡钥匙交到造福主手里。

当然，这并不像古人那种无秩序的、无组织的选举。说来可笑，那时候连选举结果事先都不知道，完全不考虑偶然的因素，茫然无知地建设国家——还有什么比这更愚蠢呢？然而，人们竟然花了几个世纪之久的时间才弄明白了这个道理。

不用说，我们国家在这方面以及其他一切方面，绝不允许存在任何偶然性，绝不允许发生任何不测。就连选举本身也只是象征性的：提醒大家，我们是一个由千百万个细胞构成的统一的、强大的机体，用古人《福音书》里的话说，我们是统一的教会。因此，大一统国有史以来，在这个隆重的日子里，就没发生过哪怕是一个声音敢于破坏全民齐声大合唱的事件。

据说，古代人选举是秘密进行的，人们都像贼一样躲躲藏藏。我国一些史学家甚至断言，古人总是经过一番精心伪装之后才去参加大选盛典的。（在我的想象中，这是一幅荒诞、阴森的情景：黑夜，广场上；身穿黑色披风的人影蹑着脚贴墙溜过来，火把的红色火柱被风吹得忽起忽落……）为什么要这般神秘呢？其原因至今尚未完全考察清楚。最为可能的是，选举是和某些神秘主义的、迷信的，甚至犯罪的仪式联系在一起的。我们可没有什么需要遮掩的或者见不得人的。我们是在光天化日之下堂堂正正、光明磊落地举行选举庆典的。我看得见大家如何选举造福主，大家也看得见我如何选举造福主。情况不可能不如此，因为"大家"和"我"是一个整体——"我们"。这比古人的"秘密"方式要庄重得多，坦诚得多，高尚得多；再说，这种选举也稳妥得多。试想，万一有个闪失，也就是说，万一在常规的单声齐唱中冒出一个不和谐音来，那些隐身的护卫就在现场，就在我们的队列当中，会立刻查明误入歧途者的号码，并设法挽救他们，使其不至于一错再错，而大一统国也可免受其害。最后还有一点……

从左边玻璃墙看过去，只见一名妇女正对着衣柜门的镜子急急忙忙地解开统一服的纽扣。我在一刹那间恍恍惚惚地看见了她的眼睛、嘴唇、两颗尖尖的粉红色乳头。随后落下了帷幕，我脑子里顿时再现了昨天发生的一切，我不知道"最后还有一点"指的是什么。我不愿意再写这些，不愿意！我只有一个愿望，就是想要I-330。我希望她每时每刻、无时无刻总和我在一起，只和我在一起。至于说我刚才写到的全民一致节那段文字，全无必要，全不对头。我要把它全部画掉，撕碎了扔掉。我知道（这话听起来有失体统，但这是实情）：只有和她在一起，只有她在我身旁，和我肩靠着肩，才谈得上欢度佳节。没有她，明天的太阳只是一个白铁皮剪成的圆圈，天空只是一张涂上了蓝颜色的铁片，我自己也同样如此。

我抓起电话听筒：

"I-330，是您吗？"

"对，是我。您这么晚才来电话！"

"也许还不算晚。我想求您……我希望您明天能和我在一起。亲爱的……"

"亲爱的"这几个字我说得声音极低。不知怎么一下子想起了今天早晨飞船建造现场发生的一件事：有人开玩笑把一块表放在百吨锻锤下面，只见大锤挟带着一阵扑面而来的风落了下来——它虽然重达百吨，却只是轻软地、平缓地触到那块脆薄的表上。

电话里一阵沉默。我仿佛听见那边——I-330 的房间里有人在低声说话。后来传来了她的声音：

"不行，我不能。您该明白，我自己也……不行，我不能。为什么？明天您就知道了。"

夜晚。

笔记之二十五

提要：走下天庭。历史上最大的一次灾变。已知的一切结束了。

在庆典开始之前，全体起立，千百万人在音乐工厂千百只铜号的伴奏下齐唱国歌，庄严肃穆的声浪缓缓地飘荡在我们的头顶上。我在一秒钟之内忘记了一切：忘记了 I-330 说过的有关今天这个节日的一句令人担忧的话，仿佛连她这个人也忘到脑后了。现在我又是在这个节日为了统一服上一个小小的、只有他一个人能看得见的污痕而哭鼻子的小男孩了。虽然周围没有人能看得见我满身都是无法洗刷的污点，可是我心里明白，我这个有罪之人不配置身于这些襟怀坦荡的人中间。唉，还不如马上站起来，把我的一切一口气大声交代出来呢。哪怕在这之后就呜呼哀哉，也在所不惜！至少可以在一秒钟之内感到自己是一个纯真无邪的人，就像这片孩子般洁净的蓝天。

所有的眼睛都在往上看：在夜露还未消退的、明彻湛蓝的晨空中，有一个隐约可见的小点，它忽而呈现黑色，忽而闪着金光。这是他——新耶和华驾着飞车从天而降，他像古代的耶和华一样，全知全能，恩威兼备。随着时间的推移，他越来越近，而迎向他的千百万颗心也提得越来越高。现在他已经看得见我们了。我在想象中和他一起俯视下方：看台上细细的蓝色点线构成的一个个同心圆，就像蜘蛛网上一道道缀着一颗颗小太阳（那是号牌的闪光）的蛛丝。在蜘蛛网中央即将就座的是那只英明的白色蜘蛛——身着白衣的造福主。他用一张为我们造福的大网英明地缚住了我们的手脚。

造福主走下天庭的庄严仪式到此结束了，奏国歌的铜管乐器哑然无声了，全体落座，这时我才恍然大悟：这一切的确很像一张细薄的蜘蛛网，它已绷得很紧，它在发颤，眼看着就要绷断，就要发生意想不到的事……

我微微欠起身子，朝四周看了一眼。我的目光遇到了一双双充满爱心而又惶惶不安的眼睛——这些人的目光从一张脸上移到另一张脸上。这边有一个人举起了手，几乎难以察觉地摆动着手指，在向另外一个人打暗号；于是那边也用手指打暗号回答他。又有一个……我明白了：是他们——护卫。我明白了：他们一定是因为有什么情况而惊恐不安，蜘蛛网绷得很紧，在震颤。我的心像一台调到同一波段的收音机，发生了回应的震颤。

台上有一位诗人正在朗诵选举前的颂诗，但我一个字也没听见，只听见六音步扬抑抑格的摆锤有节律地摆动，它每摆动一次，一个指定的时刻也就走近一分。我还在心急火燎地查看着队列中的一张张脸，就好像在一页页地翻阅书本，可我就是没看见我要找的那张唯一的脸。必须尽快地找到这张脸，因为摆锤再摆动一次之后，就要……

是他，肯定是他。在下面，两只粉红色的招风耳从台前光亮的玻璃地板上飞掠而过，奔跑着的身躯映在地面上好像字母S形的双折弯黑色环扣儿——他朝着看台之间迷魂阵似的通道飞跑过去。

S-4711和I-330之间连着一条什么线（我一直觉得他们两人之间连着一条线，我现在还弄不清是什么线，但我迟早总要解开这个谜）。我用眼睛紧紧地盯住了他，而他像个线团，总是滚得远远的，后面还拖着一条线。瞧，他停下来了，瞧……

突然好像有一股闪电的高压放电袭来——我被击中，蜷缩成一个扣结。在我们这一排座位，偏离我只有40度角的地方，S-4711停了下来，弯下身子。我看见了I-330，而她旁边却是那个长着黑人般厚嘴唇，满脸挂着冷笑，因而令人讨厌的 R-13。

我的第一个念头就是冲过去，对她大吼："为什么你今天和他在一起？为什么不要我？"但是，那张无形的、造福的蜘蛛网牢牢地缚住了我的手脚；我咬紧牙关，铁塔一般坐在那里，目不转睛地盯着他们两个。我仿佛现在仍然感觉得到：那是一种内心肉体上的剧烈疼痛。我记得当时我曾这样想："既然非肉体的原因可以引起肉体上的疼痛，那么很显然……"

很遗憾，我没有得出一个结论，只记得，头脑里闪过一句与"心灵"有关的话，是一句不知所云的古代俗语："心灵躲进脚后跟。"①我突然屏住呼吸——六音步颂诗朗诵完了。马上就要开始……开始什么？

约定俗成的选前五分钟休息。也就是约定俗成的选前静默。但是，眼前的情形却不是以往那种祈祷般虔诚的静默，倒更像古人所说的"暴风雨前的寂静"。古时候没有我们这种蓄能塔，没经过治理的天空，动不动就掀起"暴风雨"。

空气就像是透明的铁块，让人总想大口大口地呼吸。紧张得发痛的听觉，记录下身后老鼠咬物似的令人不安的沙沙声。我虽然没有抬眼，却一直看得见 I-330 和 R-13 两人肩挨肩地坐在一起，而我膝盖上有两只异己的毛茸茸的手（其实

---

① 这句话是按原文字面直译的，其含义相当于中文中的"魂不附体"（因惊吓所致）。俄文中"心灵"一词亦可译作"灵魂"。

就是我自己那双讨厌的手）在瑟瑟发抖。

人人手里都拿着装有钟表的号牌。一分，两分，三分。五分……台上传来缓慢的、铁一般沉重的声音：

"赞成的，请举手。"

如果我能像以前那样正视他的眼睛就好了，那时候我可以坦率而忠诚地对他说："我把一切都献给您了。毫无保留。请您接受我吧！"可是我现在不敢。我吃力地举起了手，好像全身的关节都锈住了。

千百万只手刷的一声举了起来。有人压低了嗓子"唉"了一声。我感觉到有事了，而且来势凶猛，但是我不知道是什么事。我没有勇气，不敢去看……

"有反对的吗？"

这一向是庆典最庄严的时刻：大家一动不动地坐在原处，对号民之首给他们戴上造福桎梏，表示心悦诚服。可这时我又惊恐地听到了"刷"的一声——这声音像喘气，很轻很轻，但听起来比刚才铜管乐器奏出的国歌更真切。这像人在临终时吐出的最后一口气息，周围的人个个脸色煞白，个个额头上冒出了冷汗。

我抬眼一看，只见……

只有百分之一秒，也就是一眨眼的工夫，我看见几千只"反对"的手举起来又放下了。我看见了 I-330 苍白的、画了

X 的脸和她举起的手。我顿时两眼一阵发黑。

又是一眨眼的工夫，全场哑然，悄无声息，只听得见脉搏声。接着，好像是在一个发疯的乐队指挥的示意下，所有看台上都响起了咔嚓声、喊叫声；统一服在跑动中掀起一阵旋风；护卫们神色慌张地狂奔乱跑；半空中什么人的鞋后跟从我眼前晃过，紧贴着鞋后跟的是什么人的嘴巴，张得大大的，好像在声嘶力竭地吼叫，却又听不见声音。不知为什么，最让我刻骨铭心的是下面这个场景：千百张嘴巴在无声地吼叫，如同鬼怪影片里的镜头。

接着，还像电影里一样，O-90 惨白的嘴唇从下面较远的地方映入我的眼帘。她被人挤到了通道的墙上，两手交叉地护着自己的腹部。转眼间她已经消失不见了，好像被洪水冲走了，要么就是我把她忘记了，因为……

这下面的情景可再也不是银幕上的镜头了。下面的情景映现在我自己的脑子里，在我提着的心里，在突突猛跳的太阳穴里。在我头顶的左上方，R-13——满嘴喷着唾沫，脸涨得通红，发疯了似的——突然蹿到一把长椅上。他手上托着I-330，她脸色惨白，身上的统一服从肩膀一直到胸前被撕开来，白净的皮肤上流着鲜血。她的手紧紧搂住他的脖子，而面目可憎、身手轻巧得像只大猩猩的他，大步流星地跨过一张张长椅，抱着她朝上边跑去。

就像古时候的火灾一样，周围是红通通一片，我只有一个念头：快步追上去，抓住他们。我直到现在也说不清，当时我哪儿来的这股子气力。我就像攻城槌一样，冲开人群，踏着人家的肩膀，跨过一张张长椅，冲到他们跟前，一把揪住R-13的衣领：

"放开！我叫你放开！马上放开！"幸好我的声音没有人听见——人人都在自顾自地喊叫着，人人都在奔跑着。

"谁在说话？怎么回事？怎么啦？"他转过头来，唾沫四溅的嘴唇瑟瑟发抖。他多半是以为自己给一个护卫捉住了。

"怎么啦？我不愿意，我不允许！把她放下，立刻放下！"

但是，他只是愤愤地啐了一口，摇了摇头，又往前跑去。就在这时（写这件事，我感到羞愧难当，但是为了诸位不相识的读者能够全面了解我的病史，我认为还是应当把它写下来）——就在这时，我抡起胳膊，照着他的头上就是一拳。你明白吗？我揍了他！这件事我记得很清楚，并且还记得：打了这一拳，我感到全身舒展、轻松。

I-330顺势迅速从他手上滑落下来。

"快走，"她对R-13喊道，"您没看见吗，是他……快走吧，R，快走！"

R-13龇着黑人般的白牙齿，冲着我的脸唾沫四溅地甩了一句什么话，便钻进下面的人群里不见了。我托起I-330，紧紧地搂在怀里，把她抱走了。

我的心像个庞然大物似的，在胸膛里猛烈地跳动着，它每跳一下都激起一股狂烈的、滚烫的、欢乐的浪涛。哪怕那边闹得天翻地覆，也没什么了不起的！我只管这么抱着她一直走下去……

当日夜晚 22 点。

我握着这支笔感到很吃力——经历了今天上午种种令人头晕目眩的事件之后，我简直精疲力竭。难道护佑大一统国千秋万代的大墙真的坍塌了吗？难道我们又要像远祖那样巢居荒野，回到野蛮的自由状态吗？难道造福主真的不存在吗？反对……在全民一致节这一天投反对票？我为他们感到羞耻，痛心，恐惧。可"他们"是谁呢？其实我自己又是谁——属于"他们"还是"我们"呢？难道我说得清楚吗？

我把她抱到了最顶上的看台，现在她正坐在被太阳晒得发烫的玻璃长椅上。她的右肩和下边那个奇妙而又无法计算的曲面开端部分，都裸露在外，那上面流过一道细细的、蜿蜒曲折的血流。她似乎没有察觉到流血，也没有察觉到胸部裸露在外……不，倒更像是她觉察到了这一切，而这一切正是她现在所需要的。因此，如果她的统一服扣着纽扣，她也会把它撕开，她……

"明天……"她透过咬紧的光亮而锋利的牙齿缝隙贪婪地

吸着气。"明天不知会怎么样。你明白吗，我不知道，别人也不知道——这是不可知的！已知的一切结束了，你明白吗？今后的事将是新的、不可思议的、闻所未闻的。"

下面的看台上，人们在叫骂着，奔跑着，呼喊着。但是，这一切都很遥远，并且越来越远，因为她正在望着我，正在慢慢地把我吸入她瞳孔的金黄色小窗里。我们就这样默默地对视良久。不知什么缘故，我回忆起有一次隔着透明的绿色长城也这么看着一对莫名其妙的黄色瞳孔，而长城的上空有一群飞鸟在上下盘旋（也许这是另外一次）。

"听我说，如果明天没有特殊情况，我就带你去那儿。你听懂没有？"

没有，我没听懂。不过我还是默默地点头同意了。我已经融化了：变成了无限小，变成了一个点……

这种点的状态归根结底也有它自己的逻辑（今天的逻辑）：点里面有着最多的未知，只要它移动一下，轻轻地动弹一下，它就会变成几千条形状不同的曲线或几百种几何体。

我一动也不敢动：我会变成什么呢？我觉得人人都和我一样，生怕动弹一下。比如说现在，当我写这篇文字的时候，他们个个都躲在自己的玻璃笼子里，都在等待着会发生什么事。走廊里听不见平时这个时间常有的电梯声，听不见笑声和脚步声。偶尔可见两三个号民从走廊踮着脚走过，他们一边走着，一边瞻前顾后，交头接耳。

明天会怎么样呢？明天我会变成什么呢？

笔记之二十六

提要：世界依然存在。斑疹。40度。

清晨。从天花板望过去，太阳还和往常一样，还是那么结实，浑圆，满面红光。如果我看到头顶上是一颗异乎寻常的、方方正正的太阳，如果我看到了身穿杂色兽皮衣服的人，如果我看到了墙壁都是不透明的砖墙，我想我反倒不这么吃惊了。这么说，这个世界——我们的世界依然存在？也许这仅仅是惯性作用？发动机已经关掉，而齿轮还在隆隆地响着，还在转动着。两圈，三圈，到了第四圈就会戛然而止吧……

不知你们是否体验过这种奇怪的处境：夜里你从睡梦中醒来，睁开眼睛看到的是一片漆黑，突然感到自己辨别不清方向，于是赶紧四处乱摸一阵，想找到一件熟悉的东西，比如墙壁、电灯、椅子什么的。我正是怀着这种心情，在《大一统国报》上翻寻、查找——要快些，再快些——找到了：

"大家企盼已久的全民一致节庆典于昨日举行。无数次证明自己英明盖世的现任造福主，在全体一致同意下第四十八次再度当选。选举盛典由于受到一些干扰而略显失色。挑起这场动乱的是那些与幸福为敌之辈，他们因而使自己丧失了作为昨日方更新的大一统国国基的一砖一石的资格。人人都明白，如果把他们的选票计算在内，就未免太荒唐了。那样做无异于把偶然混进音乐会大厅的几个病人的咳嗽声也当作是一首恢宏雄壮的交响曲的一部分……"

啊，英明的造福主！难道我们虽然经历了一些波折而最终还是得救了吗？的确，对于这种明彻如水晶的三段论式逻辑推理，还能提出异议吗？

接下来还有两行字：

"今日12时将召开行政局、医务局、护卫局三方联席会议。一项重大的国家法令将于日内颁布。"

没事儿，那些墙还立在原地。这不就在眼前，我可以摸到它们。那种失落、迷茫、不知身置何处的奇怪感觉不复存在了；看见蓝色的天空和圆圆的太阳，也丝毫不感到惊奇了；大家和往常一样，都去上班工作了。

我走在大街上，脚步格外坚定而响亮。我觉得大家走路都是这样的。前面是十字路口。在街角拐弯处，我发现：人人都奇怪地绕开一幢楼的楼角，好像墙体里有根水管破裂，正往外喷凉水，使得人行道无法通行。

再往前走了五步、十步，我也好像被浇了一头凉水，身子一闪，滑下了人行道……墙壁上约两米高的地方，贴着一张四方形的白纸，上面用毒汁似的绿色墨水写着两个莫名其妙的字：

靡菲 ①

这张纸的下面站着一个人，他的脊背呈 S 形，两只招风耳由于愤怒或者由于激动而扇个不停。他的右手伸向高处，左手像伤残的翅膀，无助地垂向后方，身子往上蹿着，想撕掉那张纸，但是够不着，只差那么一点点。

大概每个过路的人都有这样一个想法："如果我一个人去撕那张纸，而别人都不去，他会不会以为我一定有什么过错，所以才去……"

坦白地说，我也有这种想法。但是，想到他曾多次充当过我的守护神，曾多次搭救过我，我就大胆地走上前去，一抬手就把那张纸撕了下来。

S-4711 转过身，小钻头迅快地钻进我的心里，一直钻到底，并且好像在那里面钻到了什么。随后他扬起左边的眉毛，朝原来贴着"靡菲"那张纸的墙面上挤了挤眼睛。我在一瞬间瞥见了他微笑的末尾。让我惊奇的是，他的笑容里好像含

① 可能指靡菲斯特，即德国16世纪民间传说《浮士德博士的故事》中的魔鬼。这里的"靡菲"显然是一个叛逆者形象。

168

有几分快活。其实倒也没有什么可奇怪的。医生总是宁愿看到病人出斑疹，发40度高烧，也不愿意看到病人在潜伏期体温令人揪心地、缓慢地升高——这样至少可以知道是什么病。今天各处墙上张贴的"靡菲"就是斑疹。我能够理解他的微笑[①]……

我走下地铁时，在一尘不染的玻璃台阶上又发现了一张写有"靡菲"的白纸。地铁站内的墙壁上、长椅上、车厢里的镜子上——到处都有这种触目惊心的白色斑疹（显然都是匆匆忙忙贴上去的——贴得歪歪扭扭，很不平正）。

在寂静中，清晰的车轮嘎嘎声听起来就像血液发炎的声音。有一个人肩膀被人碰了一下，吓得一哆嗦，手上的一卷纸散落在地上。我左边，另一个人在看报，他一遍又一遍地、没完没了地看着同一行字，报纸在手上微微地抖个不停。我觉得哪儿哪儿的脉搏——车轮里的、手上的、报纸上的，甚至眼睫毛里的——都在不断地加快，而且，今天我和I-330到了那个地方时，体温计的黑色刻度也许会显示出39度、40度、41度呢……

飞船建造现场也是一片静寂，只听得见远处看不见的推进器发出的嗡嗡声。一台台机床愁眉锁眼地默默立在那儿。

---

① 应当承认，这副笑容的确切含义，我是在好多天之后才找到答案的（那些日子充满了千奇百怪的事）。——作者注

只有几台吊车像踮起脚跟走路一样，悄无声息地滑动着，不时地弯下身子，用抓斗抓起一块块冷冻空气，装进"一体号"船上的贮槽里：我们已经在准备对飞船试航。

"怎么样，一周之内能装完吗？"

我这是在和第二建造师说话。他的脸像个瓷盘子，上面画着两朵甜蜜的浅蓝色小花（眼睛）和一朵娇嫩的粉红色小花（嘴唇），但是它们今天好像被水洗过，退了颜色。我们正在出声数着数，但我数到半截儿突然打住，目瞪口呆地愣在那儿了：在圆顶下面很高的地方，吊车吊起的淡蓝色冷冻空气块上隐约可见一个白色的方块——那上面也贴着一张纸。我觉得我全身在抖动，可能是由于笑的缘故吧。对，我自己也感觉得到我笑的样子。（感觉到自己笑的模样——您有这种体验吗？）

"不，您听我说……"我又对第二建造师说，"请您设想一下：您现在坐在一架古代的飞机上，飞行高度5 000米，一只机翼折断了，您正在倒栽葱似的向下坠落，而您在半路上还在盘算着明天中午12点到下午6点该做什么什么……6点钟吃饭……这岂不是很可笑吗？我们现在的情况正是这样！"

两朵浅蓝色小花摇动着，并且向外努着。如果我是玻璃做的，没看出三四个小时以后会出什么事，还不知会怎样呢。

笔记之二十七

提要：任何提要都不合适。

我独自站在没有尽头的长廊里——就是我曾经去过的长廊。天空哑然无声，就像是混凝土浇灌的。不知从哪儿传来水滴岩石的声音。眼前是那扇熟悉的门，沉甸甸而又不透明，从里面传出低沉的嘈杂声。

她说她 16 点整出来找我。现在已经 16 点过 5 分了，过 10 分了，过 15 分了，仍不见一个人影。

有一秒钟的工夫，我又是原先的我了，生怕这扇门突然打开。再等最后 5 分钟，如果她还不出来……

不知从哪儿传来水滴岩石的声音。没有人。我半忧半喜地感到：我得救了。我顺着长廊慢慢地往回走去。穹顶上一长串颤巍巍的电灯逐渐暗了下来。

突然，背后传来急促的开门声和迅捷的脚步声，那声音又从穹顶和四壁反射回来。只见她像只小鸟飞了过来，跑得有点气喘吁吁，张着嘴呼吸。

"我就知道，你会来这儿，你一定会来这儿！我知道，你——你……"

长矛般的眼睫毛上下分开，放我进去，于是……她的嘴唇触到我的嘴唇——这种荒唐而又绝妙的古代礼仪给我的那份感受，怎样用语言表达呢？这席卷了我心灵中的一切而只把她留下的旋风，又用怎样的公式才能表示出来呢？对，对，我说的是"心灵中"，你们要笑就笑吧。

她费力地、缓慢地抬起眼睑，又艰难地、缓慢地说：

"不要这样，行啦……来日方长。现在我们该走了。"

门开了。台阶已经磨损、破旧。乱糟糟的声音，耀眼的光线，令人难以忍受……

* * *

从那时到现在，已经过了差不多一昼夜。我的心境已经平静了些许。但是，即使让我对此做出大致准确的描述，我也感到难乎其难。我的头脑里好像引爆了一颗炸弹，一张张张大的嘴巴、飞鸟的翅膀、叫喊声、树叶声、说话声、石头块——都纷至沓来，一股脑儿堆叠在一起……

我记得当时最先想到的是：撒开腿拼命往回跑。因为我心里明白，在我等在长廊里的那段时间里，他们准是炸毁或拆掉了绿色长城，外面的污泥浊水一涌而入，淹没了我们这座已清除了低级世界污秽的大城。

我大概是对 I-330 讲了诸如此类的话。她哈哈大笑，说：

"不是的！只不过是我们走出了绿色长城罢了。"

这时我才睁大了眼睛——一些景物真真切切地呈现在我眼前。活着的号民们谁也不曾看得这么真切——由于隔着乌蒙蒙的玻璃城墙，这些景物都缩小到千分之一，并且模糊不清。

阳光……这里的阳光不是我们那种均匀地洒在镜子般路面上的阳光。这里的阳光是一些很活跃的玻璃碎片，是一些摇曳不定的斑点，看上去叫人头晕眼花。树木有的像直插云天的蜡烛，有的像用弯弯曲曲的爪子支撑着趴在地上的蜘蛛，有的像绿色的无声喷泉。所有这一切都是在匍匐着，摇摆着，沙沙响着。一个表面毛糙如线团的东西从我脚下滚开，而我就像脚底下生了根似的，一步也挪不动，因为我脚底下不是平面，您明白吗，不是平面，而是一种松软得令人生厌的、有生命的、绿颜色的、富于弹性的东西。

我被这一切惊呆了，我闭气了——也许这个用词最恰当不过了。我双手抓住一个摇晃的树杈站在那里。

"不要紧，没事的！一开始都是这样，过一会儿就好了。胆子放大一些嘛！"

和 I-330 一起站在跳动得令人头晕的绿色网上的，是某个人薄薄的剪纸侧影……不对，不对，不是"某个人"，我认识这个人。我记得，他是医生。没错，没错，我的头脑非常清楚。这不，我看得很明白：他们二人架起我的胳膊，笑着拖着我往前走。我跌跌撞撞，一跳一滑地走着。嘎嘎声、藓苔、草丘、嗷嗷声、树杈、树干、翅膀、叶子、呜呜声……

这一切都混杂在一起。

树木分开之处是一片阳光灿烂的空地，空地上有一群人……我真不知该怎么称呼他们，也许称他们为"生物"更正确些吧。

下面的事最难形诸笔墨，因为这超出了一切可能的范围。现在我才明白，为什么I-330总是绝口不谈这些：反正我是不会相信的，即使是从她嘴里说出来，我也不会相信。很有可能，到了明天我连自己也不相信了，就连这里写下的文字也不相信了。

在林中空地上，一群大约三四百……人（姑且称之为"人"吧，我很难找到别的词了）围着一块光溜溜的、头盖骨似的石头，在那里吵吵嚷嚷。在大庭广众之下，你第一眼只看到一张张熟悉的脸，同样，在这里我最先看到的是我们的蓝灰色统一服。一秒钟之后，我在统一服中间清清楚楚地看到一些乌黑、红棕、金黄、深褐、灰白相间、白色的人——显然是人。他们全都不穿衣服，个个身上覆盖着一层短而亮的长毛，很像史前期博物馆陈列的马匹标本身上的毛。但是雌性的脸和我们的妇女一模一样，是的，一模一样：细嫩，红润，没有毛，她们的乳房也没有毛，并且结实、丰满、具有优美的几何形态。雄性的脸只有一部分不长毛，这和我们的祖先一样。

这一切太离奇，太突然了，以至于我反而很平静地站在那里。我可以肯定，我是很平静地站在那里观看的。这就好像是一架天平，假如你在一个盘子里放进了过重的东西，然后任凭你再往里面放多重的东西，那指针也不会摆动一下……

突然我发现只剩下我一个人了：I-330已经不在我身边。她是怎么离开的，去了什么地方，我全然不知。周围都是全身长着长毛的人，那长毛在太阳光下像绸缎一样闪闪发亮。我抓住不知是谁的滚烫、结实、乌黑的肩膀说：

"看在造福主的分上，请问，您有没有看见她去哪儿了？刚才她还在，一眨眼的工夫……"

只见他冲我扬了扬密而长的眉毛：

"嘘！别说话。"然后他又朝林中空地中央一块头盖骨似的黄石头那边扬了扬密而长的眉毛。

我看见了她——就在那边，在众人的头顶上。阳光从那边直射进我的眼睛，因此她的身影——在蓝天的映衬下——看上去是那么清晰，黑得像炭似的，简直就是一幅以蓝色为背景的炭笔侧影人像画。在略高一些的空中飘着白云，看上去仿佛不是白云在动，而是下面那块石头在动，站在石头上的她和紧随其后的人群，以及林中空地也都在悄无声息地滑动着，就像一艘大船，连脚下的大地也似乎在轻飘飘地移动着。

"弟兄们……"是她在说话，"弟兄们！大家都知道，在长城那边的城市里，正在建造'一体号'。大家还知道，我们

175

总有一天要捣毁这座长城以及所有的城墙，让绿色的风吹遍整个大地，而这一天已经到来了。但是，'一体号'却要把这些城墙送到太空去，送到成千上万的其他星球上去，而这些星球今天夜里和往常一样，仍将透过夜间黑色树叶的间隙，与我们悄声叙谈……"

人群像波涛，像浪花，像狂风向着石头袭来：

"打倒'一体号'！打倒！"

"不，弟兄们，不要打倒。但是，'一体号'必须归我们所有。当它首航太空时，坐在船舱里的将是我们。因为'一体号'的建造师和我们在一起。他逃离了那些大墙，他随我来到了这里，是为了和大家在一起。建造师万岁！"

刹那间我升到了高处，我下面尽是脑袋，无数的脑袋，无数张大了呼喊着的嘴巴，无数举起又放下的手臂。说来这种感受真是奇怪至极而又令人心醉：我觉得自己置身于众人之上，我就是我，我是一个独立的个体，我是一个世界，我一反常态，不再是整体的一个部分，而成为一个单位。

我回到下面那块石头旁边，就像经过一番卿卿我我的亲热之后，全身充满快感，又慵懒疲惫。阳光明媚，人声鼎沸，I-330在上面微笑着。有一个金丝发的妇女，全身像锦缎似的金光灿灿，散发着青草的芳香。她手上拿着一只杯子，看样子像是木制的。她抿着红红的嘴巴啜了一口，就把杯子递给了我。为了浇灭心中的一团烈火，我闭上眼睛，大口地吞饮着这亮晶晶的、清凉爽口的、甘甜微辣的琼浆玉液。

然后，我全身血液和整个世界加快了一千倍，地球飞快旋转，轻如鸿毛。我感到一切都是那么轻松，简单，明彻。

就在这时，我看到石头上有两个我熟悉的大字——"靡菲"。不知怎么，这显得是那么有必要，这就像一条简单而又牢固的线，把一切都串连起来。可能也是在这块石头上，我还看到了一幅粗线条的人像画：一个有翅膀的少年，透明的身子，心脏所在的地方是一块耀眼的、通红的火炭。同样，我也理解这块火炭……不对，也许不是理解，而是感悟。这就像我虽然听不见I-330讲的话，但我感悟到她讲的每个字（她正站在那块石头上讲话），我还感悟到大家都在共同呼吸，并且将要共同飞往某个地方，就像那次绿色长城上空的鸟儿……

后面密不透气的人群中有人大声喊道：

"这简直是疯狂！"

于是好像是我，对，我想正是我，跳到石头上，从那上面看到了太阳、无数的脑袋和蓝底的绿色锯齿。我喊道：

"对，对，说得很对！我们大家都应当发疯，都必须发疯，而且要尽快发疯！必须这样，这我懂得。"

I-330就在我身旁，她微微一笑——两道深纹从嘴角向上延伸，形成一个尖角；在我心中也闪现出一个尖角，这种感觉转瞬即逝，但很轻松，略微有些痛，美妙极了……

接下来只是一些滞留在记忆中的凌乱片断。

一只飞得很慢、很低的小鸟。我发现它也和我一样，是有生命的，也和人一样，能够左右摆动头部，两颗圆圆的黑眼珠也能够像小钻头似的朝我钻来……

还有：一个人的脊背，长着一层亮泽的、古老象牙色的长毛，上面爬着一只翅膀透明的黑色小昆虫。脊背抖了抖，想赶走那只昆虫，接着又抖了一下……

还有：树叶下面是一片斑驳的网状阴影，一些人躺在阴影里，大吃大嚼着类似传说中的古代食物：一个长长的黄色果穗和一块黑乎乎的什么东西。一个妇女塞给我一块这种东西，我感到很好笑：不知这东西我能不能吃。

接下去又是人群，无数的脑袋、腿脚、胳膊、嘴巴。一张张脸闯入眼帘，转瞬间就消失了，如过眼云烟。我眼前突然闪现两只透明的、飞也似的招风耳（也许这只是我的感觉）。

我使劲捏了一下 I-330 的手。她回头问道：

"你这是怎么啦？"

"他在这儿……我觉得……"

"他是谁呀？"

"……就是刚才，在人群里……"

两道炭黑的细眉毛挑到了太阳穴——一副锐角三角形的笑容。我真不明白，她为什么笑。她怎么还能笑得出来？

"你不懂，I。你不懂，如果他或者他们当中的任何人在这儿，这意味着什么。"

"你真可笑！长城那边怎么会有谁想到我们在这儿呢？你回忆一下，就拿你来说吧，你从前难道认为这是可能的吗？他们正在那边搜捕我们，叫他们搜捕好了！你是在说胡话。"

她笑了，笑得轻松开心，我也笑了。大地也陶醉了，它快活轻盈地漂移着……

笔记之二十八

提要：两个女性。熵和能。人体的不透明部位。

如果你们那个世界和我们远古祖先的世界很相似，就请设想一下，有一天你们在海洋中撞上了世界第六或第七大洲，比如大西洲①。那里的城市像迷宫一样，是闻所未闻的；那里的人们无需借助翅膀就能够在空中飞翔；那里的飞车，甚至

①　大西洲（Atlantis），又名阿特兰蒂斯，据古希腊传说，大西洲是大西洋上的一个大岛，毁于地震。

石头只需借助眼神的力量就能腾空而起。总之，那里的东西你就是患了梦幻症也想象不到。我昨天的情况正是这样。因为——你们应该明白——自从二百年大战以来，我们这里就没有人到过长城外面——这一点我在前面已经对你们谈过。

我知道，我有责任把我昨天亲眼目睹的这个光怪陆离的世界向各位不相识的朋友做一个较详尽的介绍。可是现在我还没有能力重提这个话题。新的事件层出不穷，简直就像大雨倾盆，要想把它们全部收集起来又苦于分身无术：我用衣襟去接，用双手去捧，结果还是大桶大桶地流失掉了，而收进这篇笔记里的只不过是点滴而已。

起初我听见我房间门外有人在高声说话，我听得出一个是I-330的声音，铿锵有力，韧性十足，另一个是IO的声音，直板僵硬，像木尺。后来房门哐啷一声敞开了，她们两个同时被弹射到我的房间里。千真万确，是被弹射进来的。

I-330把手搭在我的椅背上，扭头向右，龇着满口白牙，朝另一个女人冷笑。我可不愿意面对这样一副笑容。

"您听我说，"I-330对我说，"这个女人看来是下定了决心要把您当作小孩子保护起来，不让我接触您。这是得到了您的首肯吧？"

于是那另一个女人鼓起了鱼鳃般的腮帮子说：

"他就是个孩子嘛。没错！所以他才看不出您跟他搞这一

套只是为了……他看不出这一切只是一场闹剧。没错！我有
责任……"

刹那间，我从镜子里面瞥见我的两道眉毛连成的直线变
成了折线，并且在跳动着。我霍地站了起来，好不容易按捺
住攥着颤抖的毛茸茸拳头的另一个我，吃力地从牙缝中挤出
每一个字，直对着她的腮帮子呵斥道：

"马上给我滚出去！马上！"

鱼鳃脸鼓了起来，然后又瘪了回去，由砖红色变成了灰
色。她张大了嘴巴想说什么，却什么也没有说出来，砰的一
摔门走了。

我急忙向 I-330 扑过去：

"我不能原谅……这件事我永远不能原谅我自己！她竟敢
对你这样？可是你总不会以为我……你总不会以为她……这
完全是因为她想登记我，而我……"

"幸好她来不及登记了。况且，像她这样的，哪怕有一千
个，我也不在意。我知道，你相信的不是那一千个，你相信
的只是我一个。因为在发生昨天那件事之后，我已把自己完
完全全暴露给你了，而这正是你所希望的。我现在掌握在你
手中，你可以随时……"

"随时怎么样？"但我马上明白了她这话的含义，我的脸
一下子涨红了，一直红到耳朵根，便连声喊道："不要再提这

件事了，永远不要再对我提这件事！您明明知道，那是另一个我，是先前的我，而现在……"

"谁知道呢……人就像一部小说，读到最后一页还不知道结局是什么。否则也就不值得一读了。"

I-330 抚摸着我的头。我看不见她的脸，但从她的声音里听得出：她此刻正在注视着非常遥远的天空，目光凝滞在一片云上，那片云在无声无息、缓缓地飘着，不知飘向何方……

突然她推开了我，果断而又不无温柔地说：

"你听我说，我来这儿是要告诉你，我们也许到了最后的日子了……你知道吗：从今天晚上起，讲课全部取消了。"

"取消了？"

"是的。我刚从那里走过，看见大课室里正在布置什么，摆了一些桌子，还有穿白大褂的医务人员。"

"这究竟意味着什么呢？"

"不知道。目前还没有人知道。而这是最糟糕的事。我只是感觉到，电流已经接通，火花在飞跑着，不是今天，就是明天……不过他们也许来不及了。"

我早已不再分得清楚，他们是谁，我们又是谁。我搞不清楚我希望的是什么，是希望他们来得及呢，还是希望他们来不及。只有一点我是很清楚的：I-330 现在正走在悬崖的边缘，而且眼看着就要……

"这简直是疯狂，"我说，"你们的对手是大一统国。这无异于用手去堵枪口，还以为可以阻止子弹发射。这是十足的疯狂行为！"

她莞尔一笑：

"'我们大家都应当发疯，而且要尽快发疯！'昨天有一个人说过这话。你还记得吗？在那边……"

是的，这件事写进了我的笔记。可见确有其事。我默默地望着她的脸：此刻她脸上的 X 形深纹分外醒目。

"I，亲爱的，趁现在还为时不晚……只要你愿意，我可以抛弃一切，忘掉一切，咱们两人一起去那边，到长城外边，去找那些……我不知道他们是什么人。"

她摇了摇头。从她那双像黑幽幽窗户似的眼睛里，我看到她内心正燃着一台火炉，火星飞溅，烈焰熊熊，饱含树脂的干柴堆积如山。我明白了：已经太晚了，我的话已经改变不了什么了……

她站了起来，马上就要离开。也许这已经是最后的几天了，也许只是最后的几分钟了……我一把抓住了她的手。

"别走！哪怕再待一小会儿也好。求你啦，看在……看在……"

她把我那只令我如此讨厌的、多毛的手慢慢举到了明亮处。我想把手抽回来，可是她抓得很紧。

"你这只手……你并不知道这个，也很少有人知道，长城里边的女人往往也会爱上那边的男人。你的身上肯定也有几滴阳光和森林的血。也许正因为这个，我才对你……"

沉默。说来也真奇怪，由于沉默，由于空寂，由于虚无，我的心反而跳得更快了。于是我大声喊道：

"嘿！你还不能走！你走不了，除非你把他们的事讲给我听。因为你爱……他们，可是我竟然不知道他们是谁，他们是哪里来的。他们是谁呢？他们就是我们失去的那一半吗？H_2 和 O 是两个一半，为了得到水——小溪、大海、瀑布、浪涛、豪雨，必须使这两个一半结合在一起而成为 H_2O……"

她的每一个动作我都记得很清楚。我记得，她拿起我桌上的玻璃三角板，在我说话的时候，她一直用三角板的棱边挤压自己的脸颊，在脸颊上留下一条白色的压痕，然后压痕渐渐平复，变成粉红色，而后逐渐消失。奇怪的是，她的话，特别是一开头的话，我却记不起来了，只记得一些个别的形象和颜色。

我知道，她开头讲的是二百年大战的事。先是红颜色……绿色的草地上、黑色的土地上、蓝色的积雪上，到处都是一汪汪永不干涸的红色水洼。接下去是黄颜色：被太阳晒得枯黄的草地，赤身裸体、面黄肌瘦、蓬头垢面的人和鬃毛蓬乱的狗待在一起，旁边是死狗发臭的遗骸，也许是死人的腐尸……当然，这些都是大墙外边的事，因为城市已经获得胜利，城里已经吃上了我们现在这种石油食物。

一条条沉甸甸的黑色绉纱几乎从天空垂落到地面，绉纱在拂动着——原来，那是从森林和村庄上空冉冉升起的一股股烟柱。四周是一片低沉的哭泣声：望不到尽头的、黑压压的人流被驱赶往城市，以便用强制的方式拯救他们，教会他们过幸福的日子。

"这些事你差不多都知道？"

"是的，差不多都知道。"

"可是你不知道，而且只有极少数人知道，他们中有一小部分人总算得以幸免，仍旧生活在长城外面。赤身裸体的他们躲进了森林里。他们在那儿拜花草树木、飞禽走兽以及太阳为师。他们全身长出了长毛，但在长毛的下面却保留了鲜红的热血。你们的情况比他们差，你们身上长出了数字，数字像虱子似的在你们身上乱爬。必须把你们身上的衣服扒光，把你们赤条条地赶到森林里去。让你们学会因为恐惧、欢乐、狂怒、寒冷而战栗，让你们去向火祈祷求助。而我们这些靡菲想要……"

"你先等一下，'靡菲'是什么？'靡菲'是什么意思？"

"靡菲？是古时候的人名，就是那个……你记得吧，在那边的石头上刻着一个少年……要不这样吧，还是用你自己的语言来解释吧，这样你会理解得更快。世界上有两种力量：熵和能量。一种力量导致安逸的静止和幸福的平衡，另一种力量导致平静的破坏，导致令人痛苦的、永无止境的运动。对于熵，我们的祖先，确切地说，你们的祖先——基督徒们，把它当作上帝一样而对之顶礼膜拜。而我们这些反对基督的人……"

这当口儿忽然响起一阵敲门声，那声音像耳语一样，勉强能听得见。闯进屋里来的就是鼻子扁平、额头像顶帽子似的压在眼睛上的那个人，他曾多次给我传送 I-330 的便条。

他跑到我们跟前站住，像台气泵似的呼哧呼哧喘着粗气，一句话也说不出来：大概是拼命跑了一路。

"你倒是说话呀！出了什么事？"I-330 抓住他的手问道。

"他们——朝这边来了……"气泵总算喘够了气，"一队警卫……跟他们一起来的还有那个……怎么说呢……就是有点驼背的那个……"

"S-4711 吗？"

"对！他们就在大楼里。马上就会到这儿。赶快！赶快！"

"不要紧！来得及……"她嘿嘿一笑，眼睛里闪着快活的火花。

186

这也许是一种荒唐的、不理智的胆大妄为，也许其中自有我还不理解的什么道理。

"I，看在造福主的分上！你要明白，这可是……"

"看在造福主的分上。"她的脸上现出锐角三角形——尖刻的冷笑。

"那么……那么就算看在我的分上……我求求你。"

"哎呀，我还有一件事本来要和你商量……不过也无所谓，明天吧……"

她快活地（对，是快活地）朝我点了点头，那个人把眼睛从遮阳篷似的额头下面探出片刻，也朝我点了点头告辞。于是屋里只剩下我一个人了。

赶快坐到桌旁去。摊开书稿，拿起笔，好让他们发现我正在从事这项有益于大一统国的工作。突然我感到头上的每根发丝都活了起来，竖了起来，动了起来：要是他们读了我最近写的这些笔记，哪怕只读了一页，那还了得？我一动不动地坐在桌旁，只见四壁在颤抖，手里的笔在颤抖，纸上的字迹在晃动，变得一片模糊。

把它藏起来吗？往哪儿藏——到处都是玻璃。烧掉吗？从走廊里，从隔壁房间里，都看得见。再说，这是我生命中充满痛苦、可能也是最值得我珍惜的一部分，我再也不能够把它毁掉了，我没有勇气这么做了。

从走廊的远处已经传来了说话声和脚步声。我只来得及抓起一叠手稿，掖在屁股底下。现在我就像钉在了扶手椅上，可是那把扶手椅的每个原子都在振荡着，而脚下的地面就像船上的甲板，一起一伏……

我全身缩成一团，眼睛躲进额头的遮阳篷下面，从额头下面贼眉鼠眼地窥探着：他们从走廊右端开始，逐个房间检查，越来越近。有些人像我一样，一动不动地坐在那儿，有些人则急忙起身欢迎他们，把房门开得大大的——那是一些有福气的人！我要是能像他们一样该有多好……

"造福主是人类必需的、功效最佳的消毒剂，正是由于这个缘故，大一统国体内无任何肠胃蠕动现象……"——我用抖得都跳起来的笔硬挤出了这么一句完全不着边际的话，我俯在桌上的身子越来越低，脑袋里像装着一个发了疯的打铁炉，凭借着后背感觉到门的把手嚓的一声响了，随即门开了，带进来一阵风，我身下的椅子仿佛跳起舞来了……

直到这时我才勉为其难地把头从稿纸上抬起来，转过脸看着进来的人。（表演闹剧也真难……噢，是谁今天跟我说起过闹剧的？）走在最前头的是 S-4711，他沉着脸，一声不响，目光像钻头似的迅速钻进我的内心，钻进我的椅子，钻进我底下那沓颤抖着的稿纸。随后，门口闪出几张熟悉的、天天见到的脸，其中有一张脸格外引人注目——红褐色的腮颊像鱼鳃似的鼓动着……

我一下子想起半小时前这间屋子里所发生的一切，所以我知道，她马上就会……我全身都在跳动，我用以遮掩书稿的那个部位也在突突直跳（幸好身体这个部位是不透明的）。

Ю 从 S-4711 的背后走到他身边，小心翼翼地拉了一下他的袖子，低声说：

"这是 Д-503，'一体号'的建造师。您大概听说过吧？他总是这样，趴在桌子上写……他一点都不爱惜自己！"

……我想到哪儿去了？她是一个多么妙不可言，多么了不起的女人啊。

S-4711 一下子溜到我的背后，隔着我的肩头俯身朝我的桌面上看。我用胳膊肘盖住我刚写下的东西，但他厉声喝道：

"那是什么，马上拿给我看看！"

我红着脸不好意思地递过去那页稿纸。他读了一遍。我发现他眼睛里溜出一丝微笑，这丝微笑顺着他的脸盘一下子滑到了下边，然后摇着小尾巴落在了他右边的嘴角上……

"这话有点绕弯子，不过总算……就这样了，您就继续写吧。我们今后不再来打扰您了。"

他就像轮船的桨片击水似的，吧唧吧唧地朝门口走去。他每走一步，我的脚、手、指头也随之慢慢恢复了知觉——心灵重又均匀地遍布全身，我在呼吸了……

末了的一件事是：IO 留了下来，走到我身边，伏在我耳朵上悄声说：

"算您运气，因为是我……"

真不明白，她说这话是什么意思？

后来到了晚上我才明白：他们带走了三个人。不过谁都不公开谈论这件事，同样也没有人公开谈论所发生的一切（这是因为受了那些隐蔽在我们中间的护卫的熏陶）。人们谈论的话题主要是晴雨表水银柱的急剧下降和天气的变化。

笔记之二十九

提要：落在脸上的细丝。幼芽。反常的压缩。

真奇怪，晴雨计的水银柱在下降，可就是没有风，一片平静。高空已经刮起了风暴，只不过我们还听不到。乌云在全速疾飞。乌云暂时还很少，只是一些边缘呈锯齿状的零星碎片。这就好像高空里有一座城市已经被摧毁，大墙和塔楼的残垣断壁正在飞落而下，眼看着它们在以骇人的速度逐渐增大——离地面越来越近。不过，它们得需要几天的时间才能穿过无垠的苍穹，然后轰隆一声坠落到我们地面上。

地面上现在是一片平静。空中飘着几乎看不见的、叫人不知是何物的细丝。每年秋天它们都会从长城外面飘进来。它们在空中慢慢飘游着，你会突然觉得有一种无形的异物挂在脸上，你想把它挥去，可是不行，挥不掉，你怎么也摆脱不了。

如果你走在绿色长城附近，你会感到这种细丝格外地多。今天早晨我就从那里走过：I-330约我在古屋我们那个"套房"里和她见面。

我走到了庞然大物似的古屋时，忽然听见身后传来细碎而匆忙的脚步声和短促的呼吸声。我回头一看，是O-90在追赶我。

她的体形浑圆得如此特别，如此完美，如此富有弹性。手臂、乳房，我所熟悉的整个身体都变得滚圆，把统一服绷得很紧，眼看就要撑破薄薄的衣料，暴露在光天化日之下了。我不由得想到，那边绿色丛林里，到了春天，幼芽也是这么顽强地破土而出，为的是早日抽枝、吐叶，早日开花。

她沉默了几秒钟，一对蓝色的眼睛朝着我的脸放出炯炯的光芒：

"全民一致节那天我看见您了。"

"我也看见您了……"我立刻想起了那天的情景：她站在下面狭窄的通道里，身子紧贴在墙上，双手护着腹部。我不由自主地看了一眼她统一服下面圆鼓鼓的腹部。

她显然觉察到了，圆圆的脸蛋唰的一下红了，现出了粉红色的微笑。

"我太幸福了，太幸福了……我感到很饱满——您可知道：饱满得都快要溢出来了。我走路时，周围什么声音都听不见，我总是听着我自己身体里的响动……"

我没有吭声。我觉得脸上有个异物，它搅得我不安，可我又没法摆脱它。突然她的眼睛一亮，变得更蓝了，一把抓起我的手——我感觉到她的嘴唇贴到我的手上……这是我平生第一次。这是我迄今不曾体验过的古代亲昵方式，它让我感到很难为情，很不好受，以至于我急忙把手抽回来（大概动作也很粗鲁）。

"听我说，您这不是疯了嘛！与其说这是……您本来就……您高兴什么呢？您怎么能够忘记等待您的是什么呢？不是今天，就是明天，一个月以后，两个月以后，反正总要……"

她一下子泄了气，身上的圆形线条全都扭曲变形了。我感到，由于怜悯的缘故，我心脏里发生了一种很不舒服的，甚至是病态的压缩（心脏无非就是一台完美的泵；压缩法或挤压法，即用泵汲取流体的方法，乃是一个技术上的谬误；由此可见，一切"爱情""怜悯"，以及凡是可能引发这种

192

压缩的其他情感，就其实质而言，都是十分荒谬、反常、病态的）。

一片沉寂。我的左边是长城模糊的绿色玻璃，前边是高大的暗红色古屋。这两种颜色搭配在一起，使我产生了一个两全的主意——一个我认为很出色的主意。

"有啦！我知道该怎么样使您得救了。我将设法不让您遭到看一眼自己的孩子就去死的下场。您可以抚养这个孩子。您懂吗，您将看着他在您亲自照料下一天天长大，像果实一样一天天成熟起来……"

她浑身颤抖起来，紧紧地抓住我。

"您一定还记得那个女人……就是很久以前在一次散步的时候见过的那个。她现在就在古屋这儿。我们去找她吧，我保证当下就把一切都安排妥当。"

我已经在想象中看到，我和I-330带着O-90走在地下长廊里，这不我已经看见O-90来到了鲜花、芳草、绿叶当中。但就在这当口儿，O-90离开我向后退去，她那粉红色的月牙形嘴唇颤抖着，两只尖角下垂着。

"就是那个女人哪。"她说。

"您是说……"我不知为什么感到很窘迫，"对，就是那个女人。"

"可您竟然想让我去找她……让我去求她……让我……请

您永远不要再提这件事！"

她弯着腰从我身边迅速走开。后来好像又想起了什么，转过头来喊道：

"我就是死了，也没关系！您不用管，反正您不是也无所谓吗？"

一片沉寂。塔楼和城墙的残垣断壁从高空向下坠落着，并以骇人的速度逐渐增大，不过它们还需要几个小时，也许几天的时间，才能穿过无垠的苍穹。无形的细丝慢慢地飘游着，落在脸上——怎么也挥不去，怎么也摆脱不了。

我缓缓地向古屋走去。心脏在经受着荒谬的、痛苦的压缩……

笔记之三十

提要：最后的数。伽利略的错误。岂不更好吗？

这里记述的是我和 I-330 昨天在古屋的谈话。我们置身于红色、绿色、白色、黄铜色、橙黄色构成的驳杂而又充满闹意的色彩之中，这种氛围使我们难以进行逻辑思考……而且我们还始终面对着那位高鼻梁的古代诗人凝固在大理石上的微笑。

我逐字逐句复述这次谈话的内容，是因为我认为，它对大一统国的命运，乃至整个宇宙的命运，都将具有重大的、决定性的意义。此外还有一个原因：各位不相识的读者从中也许会找到为我开脱的某种依据……

I-330 一张口就开门见山，向我和盘托出：

"我听说，你们的'一体号'后天将首航试飞。到了那天，我们将把它夺过来。"

"怎么？后天？"

"是的。你坐下，别激动。我们不能浪费一分钟。护卫们昨天抱着侥幸心理逮捕了几百人，其中就有十二名靡菲。如果我们再耽误两三天，他们必死无疑。"

我默不作声。

"他们为了考察试飞经过，必然给你们派去电气技师、机械师、医生、气象学家。记住，12 点整，午饭铃声响过后，当全体人员都进入食堂的时候，我们留在走廊，把他们都锁在食堂里，这时候'一体号'就是我们的了……你很清楚，此举非成功不可。'一体号'在我们手里就是一件武器，有了它，就可以干脆利落地结束这一切，而不会造成任何痛苦。他们的那些飞车……哼！和老鹰相比，那不过是小小的蚊子。况且，在万不得已的情况下，还可以把所有发动机的喷火门瞄准地面，单靠它们喷火就足以……"

我跳了起来：

"这太不可思议了！这太荒唐了！难道你不明白，你们正在策划的是一场革命吗？"

"对，就是一场革命！可为什么说这太荒唐呢？"

"说这种做法太荒唐，是因为革命不会再发生了。因为我们的革命——不是你说的革命，而是我说的革命——我们的革命是最后的一次。从此不会再发生任何革命了。这是人尽皆知的道理……"

眉毛蹙成一个讥讽的锐角三角形：

"亲爱的，你是个数学家。不但如此，你还是一位数学家出身的哲学家。那么就请你说出最后的数吧。"

"你想说什么？我……我不明白，哪个数是最后的数？"

"就是最末一个数吧，最高、最大的数。"

"可是，I，这未免太离谱了！数的数目是无穷无尽的，你说的最后的数究竟是哪个数呢？"

"那么你说的最后的革命又是哪个革命呢？最后的革命是没有的，革命是无穷无尽的。'最后的革命'是哄孩子的话：孩子们一听到'无穷无尽'就会吓着，为了让孩子们晚上能安静地睡觉，就必须……"

"看在造福主的分上，这一切又有什么意义呢？既然人人都很幸福，这还有什么意义呢？"

"假如……也好，就算是这样。那么后来又是什么呢？"

"真好笑！简直是小孩子提的问题。你给孩子们讲故事，即使从头讲到尾，他们也一定要问：那么后来呢，可又为什么呢？"

"孩子是最有胆略的哲学家。有胆略的哲学家必然是孩子。正应该像孩子那样，永远要问：那么后来又是什么呢？"

"后来什么也没有！到此为止。整个宇宙呈现一片均衡，到处都是均匀的……"

"嘀，又是均衡，又是到处！这恰恰就是熵，心理上的熵。你作为数学家难道不明白，只有差异，只有温差、热反差才蕴含着生命。如果宇宙中一切物体都同样地热，或者都同样地冷……必须推动它们相撞，才能产生火、爆炸，才能燃起地狱般的大火。所以我们要让它们相撞。"

"但是，I，你应该明白，我们的祖先在二百年大战时正是这么做的……"

"噢，他们是正确的，一千个正确。他们只犯了一个错误：后来他们却相信他们是最后的数，而自然界并没有这个数，没有。他们的错误也是伽利略的错误。伽利略说地球围绕着太阳转，这是正确的，但是，他不知道，整个太阳系还围绕着某个中心转，他不知道，地球的真正轨道（不是指相对的轨道）根本不是一个朴素的圆……"

"那你们呢？"

"我们目前还懂得最后的数是不存在的。将来我们有可能忘记这个道理。不，不是有可能，而是肯定会忘记，那是在我们衰老的时候——一切事物都必然会衰老。到了那时，我们也必然要坠落下来，就像秋天树上的叶子，就像后天的你们……不，不，亲爱的，不是说你。你不是和我们在一起嘛，你肯定和我们在一起！"

她像一团火，像一阵风，像一束火花似的（我从来没看见过她这副样子），整个身体扑在我身上，紧紧拥抱着我。我顿时消失了……

末了，她坚定地定睛望着我的眼睛：

"你可要记住：12 点。"

我说："是的，我记住了。"

她走了。我独自置身于蓝色、红色、绿色、黄铜色、橙黄色构成的充满闹意而又驳杂的色彩之中……

是的，12 点……突然我莫名其妙地感到有个异物落在我的脸上，怎么也挥不去。突然我又想起昨天早晨，IO 以及她冲着 I-330 大喊大叫的情形……这是怎么啦？真是怪事。

我急急忙忙跑到了外边——赶紧回家，回家……

在我身后，我听见了长城上空飞鸟们钻心刺耳的啼叫。在前面，在落日的余晖里，我看到了一个个仿佛用火的结晶砌成的深红色圆屋顶，一幢幢仿佛喷着烈焰的立方体大厦，还有那根仿佛凝固在空中的一道电光似的蓄能塔塔顶标杆。所有这一切，这无可挑剔的几何美，将由我亲手把它……难道就没有别的办法、没有别的出路吗？

我路过一间大课室（不记得它的编号了）。大课室里的长椅都摞了起来，课室中央放着一张张桌子，上面铺着雪白的玻璃床单，白床单上都有一块粉红色的太阳光血斑。这一切都隐藏着一个吉凶未卜，因而更令人毛骨悚然的明天。一个头脑健全、耳聪目明的人不得不生活在无规则的事物中，生活在未知数中，生活在 X 中，这是有悖常理的。这就好像有人蒙住你的眼睛，让你磕磕绊绊地摸索着走路，而你明知深渊的边缘近在咫尺，只要跨出一步，就会摔得粉身碎骨，血肉模糊。这不正是我目前的处境吗？

如果我不坐以待毙，而自己头朝下跳下去，结果会怎么样呢？这岂不是唯一一条正确的、一了百了的出路吗？

笔记之三十一

提要：伟大的手术。我宽恕了一切。列车相撞。

我们得救了！就在最后的一刻，正当你觉得已经回天无力的时候，正当你感到已经山穷水尽的时候……居然得救了！

这情形就好像你已经顺着台阶一步步登上了造福主那台令人畏惧的机器，或者就像你已经被沉甸甸的玻璃罩咔嚓一声扣住了，而你正在贪恋地、今生最后一次地凝眸遥望蓝天。突然，你发现这只是一场"梦"。那太阳——它依然那么粉红，那么快活；那墙壁——抚摸着凉丝丝的墙面，会让你感到如此欢欣；那枕头——躺进洁白枕头的枕窝里，真是其乐无穷……

这些大致就是我今天早晨读《国家报》时的感受。原来是一场噩梦，而今它已结束。可是我，胆怯的我，不忠的我，竟然想到轻生自杀。我现在真不好意思去读我昨天写的最后几行文字。不过，也无所谓，就随它去吧，还是让它保留下来，用来纪念一件不可思议的事。这件事本来有可能发生，但已经不会发生了。是的，不会发生了！

《国家报》头版上有一篇文章赫然醒目：

"尽情欢呼吧，

"因为从今天起，你们已经完美无瑕！迄今为止，你们的产品——机器曾比你们完美。

"何以见得？

"发电机的每一颗火花都是纯而又纯的理智火花，活塞的每一个冲程都是无懈可击的三段论式。难道你们头脑中的理智不也是万无一失的吗?

"吊车、冲床、水泵所包含的哲理,像规则的圆一样,完整而清晰。难道你们的哲理就不如它们的圆满吗?

"机械的美,在于它的节律和钟摆一样,始终如一,精确无误。难道从小就受到泰罗制熏陶的你们,还没有变得像钟摆一样精确吗?

"所不同的是:

"各种机械都没有幻想。

"你们是否曾见过,一个泵筒在工作时满脸堆着一副毫无意义的、想入非非的微笑?你们是否曾听说过吊车夜晚在规定的休息时间辗转反侧,长吁短叹?

"没有!

"你们应该感到羞愧!护卫们在你们中间越来越频繁地发现这种微笑和叹息。你们应该感到无地自容,大一统国的历史学家纷纷要求辞职,他们不愿意记述这种不光彩的事。

"但这不是你们的过错,因为你们都身患疾病。这种病的名称是:

"幻想。

"幻想是蛀虫,它会在你的额头上蛀出一道道黑纹;幻想是狂热症,它驱使你一直向更远的地方跑去,尽管这个'更远的地方'的起点正是幸福的终点。幻想是幸福路途上最后一道路障。

"尽情地欢呼吧：路障已经被炸毁。

"道路畅通了。

"国家科学最近发现：幻想的中枢不过是脑桥部位一个小小的神经节。只消用 X 光烧灼法对这个神经节处理三次，就可以治愈你的幻想，并且是

"一劳永逸！

"你们现在已完美无瑕，你们可与机器媲美，通往百分之百幸福的大道已经打通。你们大家，无论老少，赶快去接受这项伟大的手术。请大家赶快去大课室，那里正在施行伟大的手术。伟大的手术万岁！大一统国万岁！造福主万岁！"

如果这里记载的一切，你们不是从我这本颇像古代怪诞小说的笔记中读到的，如果你们也像我一样，颤抖的双手捧着这张还散发着油墨味的报纸，如果你们也像我一样，知道这一切是千真万确的现实，即使不是今天的现实，也是明天的现实，那么你们的感受难道不是和我的感受一样吗？你们难道不是和我现在一样，也感到头晕目眩吗？难道你们的后背和手臂就没有麻酥酥、甜丝丝、凉冰冰的针刺感吗？难道你们不觉得自己是一个顶天立地的巨人、宇宙大神①，只要挺

---

① 即希腊神话中的顶天巨神阿特拉斯。

起腰板，头就会碰到玻璃天花板吗？

我抓起电话听筒：

"I-330……对，对，330，"接着，我急得上气不接下气地喊道，"您在家啊？您看过报吗？……您正在看吗？这可真是……这可真是……这可真是了不起！"

"是啊……"一阵长时间的、令人猜不透的沉默。听筒里传出微弱的嗡嗡声，她在思量着什么……"我今天务必得见到您。是的，16 点以后在我这儿。务必得见面。"

她多可爱！她太可爱了！"务必得见面"……我觉得我在微笑，而且欲罢不能，我就带着这副笑容，像头顶上高悬着一盏灯似的，招摇过市……

外面一阵疾风迎面袭来。它旋转着，呼啸着，像鞭子似的抽打着。但我只是感到更加快活。任凭你怎样咆哮，任凭你怎样怒号，反正你已经无法掀倒那些墙壁了。头顶上铁块似的飞云，你们就是炸裂开来也无所谓，你们无法遮住太阳，因为我们——我们这些约书亚①已经把它永远牢牢地锁在九天之上了。

街角上密密麻麻地站着一群约书亚，他们都把额头抵在大课室的玻璃墙上。里面一张雪白耀眼的桌子上已经躺了一

---

① 约书亚是摩西的仆人和继承人，参见《圣经》。

个号民。白罩单下面露出两只叉开的黄色脚掌。几个穿白大褂的医务人员俯身在他头部，一只白色的手把不知吸满了什么药水的注射器递到另一个人的手上。

"你们怎么不进去？"我不是向某一个人发问，而是向所有人发问。

"那您呢？"一个圆球形脑袋瓜转过来问我。

"我……稍等等。我首先还得……"

我面带几分尴尬地走开了。我的确得首先去见她——I-330。可是为什么要"首先"，我无法自圆其说……

造船现场。像冰一样蓝晶晶的"一体号"烁烁闪亮。机舱里发电机嗡嗡响着，温情地、无尽无休地重复着一个词——一个我似乎很耳熟的词。我俯下身抚摸了一下发动机冰冷的长管子。多么可爱……简直太可爱了。明天你将获得生命，明天你将在自己腹内喷射出的灼热火焰的推动之下，有生以来第一次抖擞起精神……

如果一切仍然和昨天一样，我会用怎样的眼光来看这个玻璃的庞然大物呢？如果我早知道明天 12 点我会出卖它……是的，出卖它……

有人从后面小心翼翼地拉了一下我的臂肘。我回头一看，是第二建造师那张瓷盘似的扁平脸。

"您已经知道了。"他说。

"什么事？手术吗？知道了，这是真的吗？怎么，全体都做，都一起做？"

"不是，不是那件事，试航改期了，改在后天。全怪这个手术。大家白赶了一场，空忙了一阵……"

"全怪这个手术"……他这个人真可笑，没头脑。简直是鼠目寸光。他哪里知道，要不是这个手术，明天12点他就会被锁进玻璃笼子里，他会在那里急得团团转，恨不能爬上墙壁……

15点30分，在我的房间里。我一进门就看见了IO。她坐在我桌子旁边，直挺挺、硬邦邦的，活像一副骨头架子，用手托着右颊。她多半已等了很久了，因为她迎着我站起来时，脸颊上仍然带着五个凹陷的指印。

只有一秒钟的工夫，我头脑中闪现出那个倒霉的早晨，就是在这儿，在桌子旁边，她站在I-330身边，一副怒气冲冲的模样……不过也只有一秒钟，这一切立刻消释在今天的阳光中。这就像你在一个晴好的日子里走进房间，心不在焉地扭动了开关，电灯亮了，可是你并不感觉它存在，它是那样可笑，那样可怜，那样不必要……

我毫不犹豫地向她伸出了手，我宽恕了一切。她抓住我的双手，紧紧地捏了一下，使我感到针刺般疼痛。她那像古代首饰般下垂着的双颊，由于激动而颤抖着。她说：

"我在等您……我只待一会儿……我只是想对您说：我真为您庆幸，真为您高兴！您明白吗，明后天您将完全康复，您获得了新生……"

我一眼看见了桌上的稿纸——那是我昨天写下的最后两页笔记。昨天写完放在那儿，还照原样放在那儿。如果她看见了我在那上面写的东西……不过也无所谓：如今这一切只不过是历史而已，现在看这一切，就像倒拿望远镜所看到的景物，显得那么遥远，到了令人发笑的地步……

"是啊，"我说，"您知道，我刚才走在大街上，前面有一个人，他的影子洒在路面上，您猜怎么样，那影子竟然发出光来。我觉得，不，我确信，明天就不会再有影子了，没有一个人再有影子了，没有一件东西再有影子了，太阳会照遍一切……"

她既温柔又严厉地说："您真是个幻想家！换了我们学校里的那些孩子，我可不允许他们这样说……"

她谈起了孩子，谈她如何带着他们全体一起去做手术，又如何不得不把他们捆绑起来。她说："要爱，就不能姑息，是的，不能姑息。"她还说她似乎终于要下决心……

她整理了一下两膝间灰蓝色的裙衣，像贴膏药似的，把微笑默默地、迅速地贴遍我全身，然后就走了。

幸好，今天太阳还没有停息下来，太阳在疾跑着，现在已经是 16 点，我砰砰地敲门，我的心也在怦怦地跳⋯⋯

"进来！"

我在她椅子前面的地板上跪下，搂住她的双腿，仰起头望着她的眼睛，轮流地看，看了这只又看那只，从每一只眼睛里都看到那个沉醉于温柔乡的我⋯⋯

外面风狂雨骤，乌云低垂，随它去！我的头脑里挤得密密实实，语言像洪水，漫过了堤岸，于是我一边说着话，一边和太阳一起飞向不知什么地方⋯⋯不，现在我们已经知道了飞向什么地方。跟在我后面的是各种星球，有的星球喷着火焰，遍地是会唱歌的火红色花朵；有的星球默默无声，一片蔚蓝，那上面有理智的岩石结成了有组织的社会——这些星球也和我们的地球一样，达到了绝对的、百分之百的幸福顶峰⋯⋯

突然，从上面传来：

"你不认为顶峰就是那些结成有组织社会的岩石吗？"她脸上的三角形越发尖锐，越发阴暗，"幸福⋯⋯幸福是什么？欲望给人带来痛苦，对吧？所以，很明显，幸福就是没有欲望，连一个欲望也没有⋯⋯直到今天，我们还一直在幸福的前面加写正号，这是莫大的错误，是荒谬的偏见。绝对幸福的前面当然是负号——神圣的负号！"

我记得我当时很狼狈地咕哝了一句：

"绝对的负值①是-273℃……"

"是-273℃，没错！不免冷了点，但这不正好证明我们达到了顶峰吗？"

就像先前一样，她仿佛在替我说话，或者在说我心里的话，把我的思想发挥得淋漓尽致。但是，她的语气中有一股令人毛骨悚然的味道，我受不了。于是我勉为其难地挤出了一个"不"字。

"不，"我说，"你……你在开玩笑……"

她笑了起来，笑声很大，大得过分。她的笑声很快，也就一秒钟的工夫，就达到了极限，随后就回落下来……终止。

她站起来，把手搭在我肩头，久久地凝望着我。然后她把我拉到自己怀里，于是什么都不存在了，只感到她那热辣辣的嘴唇……

"永别了！"

这话听起来很遥远，好像来自空中，并不是很快就到达我的耳朵里，可能是隔了一两分钟。

"为什么说'永别'呢？"

"你是个病人，由于我的过错你一再犯罪。难道你不感到痛苦吗？现在有了手术，你会医好我给你带来的痛苦。这不

---

① 即绝对零度。根据热力学定律，绝对零度（-273.15℃）只能无限接近，但是不能达到。

208

就是永别吗？"

"不！"我喊了起来。

她白净的脸上现出一个无情的、黑色的锐角三角形：

"怎么？你不想得到幸福？"

我的脑袋快要炸裂了，两列逻辑列车迎头相撞了，它们扭结在一起，彼此颠覆着，轰响着……

"那好吧，我等着，你做出选择吧：是要手术和百分之百的幸福呢，还是……"

"我不能没有你，不要离开你。"——这句话我说了呢，还是只在心里这么想的，我搞不清楚，但 I-330 听见了。

"好，我知道了。"她回答我。然后，她仍然把手搭在我肩上，目不转睛地望着我的眼睛，说道：

"那就明天见。明天 12 点，你记住了吗？"

"不。推迟一天……是在后天……"

"这对我们来说更好。12 点，后天。"

我独自走在暮色苍茫的街上。我像纸片一样，被风旋转着，挟带着，驱赶着，铸铁的天空碎片一直在飞着，飞着，它们还要在无限的空间飞上一天、两天……迎面走来一些号民，他们的统一服擦着了我，但我只是一个人在走着。我心里明白，大家全都得救了，唯有我是无可救药了，因为我不愿意得到拯救……

209

笔记之三十二

提要：我不相信。拖拉机。木屑般的小人儿。

你相信自己会死吗？是的，人总有一死，我是人，因此……不，我要说的不是这个，因为我知道你明白这个道理。我是在问，你是否曾有个时候相信了这个道理，彻头彻尾地相信了，不是凭理智，而是从骨子里相信了，是否曾感觉到有朝一日捏着这页书的手指会变得枯黄、冰冷呢……

不，你当然不相信，正因为这样，你至今还没有从十层楼上跳下去，正因为这样，你至今还在吃饭、看书、剃须、微笑、写东西……

我今天的处境也是这样，的确，也正是这样。我知道，这根小小的黑色表针将向下移动，移到午夜，然后再慢慢地升上去，越过最后一条界线，于是那个难以置信的明天即将来到。这我都知道，可我就是不相信。也许我觉得24个小时就是24年吧。正因为这样，我还能做点什么，还能赶到一个地方去，解答问题，从舷梯登上"一体号"。我还能感觉得到它在水面上摇晃，还明白应该抓住扶手，而手里那个玻璃扶手是凉的。我还能看得见，透明的、活生生的吊车像鹤一样弯起长颈，伸出长喙，在疼爱地、深情地给"一体号"喂食——供发动机专用的一种可怕的、会爆炸的食物。我还能看到下边河面上被风吹起的粼粼碧波。可是这些都显得离我十分遥远，与我不相干，平板呆滞，就像一张画在纸上的图样。所以，当第二建造师那张像图纸似的扁平脸突然开口说话时，我感到很奇怪。他问：

"那么我们到底给发动机加多少燃料呢？如果按三个小时计算……或者按三个半小时……"

我仿佛从投影图上看着面前我那只拿着计算尺的手，看着对数刻度盘上的"15"这个数字。

"15吨。不过，您最好加到……对，加到100吨……"

我这样说，是因为我毕竟知道，明天……

我像冷眼旁观似的，看着我那只握着对数刻度盘的手开始微微颤抖。

"100吨？干吗要加这么多？这足够用一周的了。何止一周，够用更多的时间！"

"以防万一嘛……谁知道……"

"我知道……"

风在呼啸，从地面到高空，整个空气中充塞着一种无形的东西。我感到呼吸困难，举步维艰，而大街尽头蓄能塔大钟的指针也在艰难地、缓慢地却又一刻不停地移动着。塔顶的标杆隐没在乌云中，青幽幽的，黯然无光，发出低沉的呜呜声——那是在吮吸着空气中的电能。音乐工厂也传出呜呜的铜管乐声。

一群人和往常一样，四人一排列队走过来。可是那队列却很不严整，东摇西摆，七扭八歪，也许是由于风吹的缘故，而且越来越甚。在大街拐角的地方，队列仿佛撞到了什么，一下子退了回来，人们乱作一团，挤得透不过气来，个个像鹅一样伸长了脖子。

"你们看！不是，那边，快看哪！"

"是他们！就是他们！"

"……我——决不去！决不，我宁愿把脑袋放进机器……"

"轻点！你疯了……"

拐角处大课室的门洞开着，从里面缓慢、沉重地走出一个纵队，大约有五十个人。说是"人"，却又不像是人。他们的脚不像是脚，倒像是沉甸甸的、锻造出来的轮子，由一个看不见的传动装置带动着向前滚动。这哪里是人，分明是一台台人形拖拉机。他们打着的一面白旗在头顶上飒飒作响。旗上绣着一个金色的太阳，在四射的光芒中绣着几行字："我们是第一批！我们已经做了手术！大家都得跟我们走！"

他们就像铁犁似的，慢慢地、势不可挡地从人群中间犁过去。很显然，如果横在他们路上的不是我们，而是墙、树或房屋，那他们也不会停下来，照样犁过那墙、树、房屋。现在他们已经到了大街的中央。他们拎起胳膊，面朝我们，拉起一道封锁线。我们这群人紧张得头发都竖了起来，个个伸长了鹅一般的脖子，翘首静候。乌云压顶，狂风怒号。

突然，封锁线左右两翼向我们迅速包抄过来，而且不断加快，就像一辆重型汽车。他们把我们围了起来，向那扇洞开的门挤压过去，一直挤进门里。

不知是谁尖着嗓子喊道：

"这是在逼我们进去！快逃吧！"

人群顿时涌动起来。紧贴屋墙的地方，人墙上还有一个狭窄的缺口，于是人们都争先恐后朝那边跑去，个个脑袋都像楔子似的削得尖尖的，就连臂肘、肋骨、肩膀、髋骨也都变得那么尖削。人们像消防水带喷出的高压水柱，呈扇面状四散开来，满眼尽是践踏的脚、挥动的手、统一服。

忽然，不知从什么地方闪出一个 S 形的、双折弯的身影和两只招风耳，一眨眼就不见了，仿佛钻进了地里。我夹在闪动着的手臂和腿脚之间独自奔跑着……

我跑进一个门洞想歇口气，把后背紧紧地贴靠在门上，立刻有一个木片般的小人儿，像被一阵风刮来似的，贴到了我身上。

"我一直……跟着您……我不愿意，您明白吧，我不愿意。我同意去找……"

两只圆乎乎的小手拉着我的袖子，一双圆溜溜的蓝眼睛望着我。原来是她——O-90。她就好像贴着墙面滑下来似的，一屁股坐在了地上。她在我脚下冰冷的台阶上瑟缩成一团，而我俯身在她头上，抚摸着她的脑袋和脸蛋——我的手湿淋淋的。那样子就好像我很大，而她很小很小，只是我身上的一小部分。这和我同I-330在一起时截然不同，我现在觉得，这种情形倒很可能和古人对待他们的私有子女有些相似。

从下面，从她捂着脸的手指缝里传出微弱的声音：

"我每天夜里……我受不了——万一我被他们医好……我每天夜里都是孤零零的，在黑暗中想着他——他长得什么样，我怎么能把他……那样我的生活就没有依托了——您明白吗？所以您应该——您应该……"

我的心情很矛盾，但我的的确确相信我有责任。它之所以矛盾，是因为白的不能同时又是黑的，责任和罪行不可能彼此等同。也许生活中既没有黑，也没有白，而颜色只取决于基本的逻辑前提。既然这个前提是我非法地让她怀了孩子……

"好啦，别这样，千万别这样……"我说，"您明白吗？我应该带您去见I，这我上次跟您提过，好让她……"

"是的……"（声音很低，捂着脸的手没有放下来。）

我扶她站了起来。我们默默地走在暮色渐暗的街上，各自在想心事，想的也许是同一件事。我们穿行于死寂的铅灰

214

色房屋之间，强劲的风像树枝一样抽打在脸上……

在某一个透明的精神紧张点上，我透过呼啸的风声，听见身后响起熟悉的、仿佛踩在水坑里的脚步声。在转弯的地方我扭头一看：在倒映在模糊的玻璃路面上疾飞着的乌云中，我看见了S-4711。我的胳膊顿时不听使唤了，不合节拍地乱甩起来。于是我就大声对O-90说，明天……对，明天"一体号"首航试飞，这将是一次破天荒的、惊心动魄的壮举。

"想想看！平生第一次到这座城市以外的地方去看看——谁知道绿色长城那边什么样呢？"

O-90圆瞪着蓝眼睛惊羡不已地看着我，看着我无缘无故唰唰地乱甩胳膊。但我不容她插言，我只管一个劲儿地说下去。可是说归说，我却在暗自思考着。一个念头在我的脑袋里嗡嗡叫着，乒乒敲着——这只有我自己能听得见："这样不行……得想个办法。绝不能把他引到I-330那儿去……"

本来应该向左拐，我偏往右边拐去。一座桥像奴隶似的拱起脊背在恭候我们三人：我、O-90和后面那个S-4711。对岸的屋宇灯火通明，灯光洒在水面上，化作千万颗狂乱跳动的火花，颗颗火花都溅上了疯狂的白色泡沫。风呜呜地吼着，仿佛半空中拉着一条缆绳般的低音琴弦。透过低音似的风声，一直可以听到背后……

我们来到了我住的那幢楼房。O-90在门口停下，嘀咕起来："不是这儿！您不是答应……"

但我没等她说完，就急忙把她推进门里，我们走进里面的前厅。在管理员小桌那儿，只见那对熟悉的、松弛下坠的腮颊，激动得直呼扇。周围是挤得密密层层的号民——在争论着什么。二楼扶栏上有些人在探头探脑，他们一个接一个地跑下楼。不过，这些还是等以后再说吧……眼下我赶紧把O-90拉到对面的角落里，背朝着墙坐了下来（我发现墙外有一个大脑袋的人影在人行道上走来走去），掏出了笔记本。

O-90坐在椅子里像泄了气的皮球，慢慢地瘪了下去。仿佛统一服里的躯体在蒸发，在融化，只剩下一件空荡荡的衣服和一双空洞洞的眼睛——那蓝色的空洞简直能把人吸进去。她满脸疲惫地说：

"您干吗带我到这儿来？您是不是骗了我？"

"不是的……小声点！往墙外看，那边……看见了吧？"

"是的。有个影子。"

"他一直跟在我后面……我去不成了。您明白吗，我不能去。我现在给I-330写几句话，您带上字条，自己去吧。我知道，他会等在这儿的。"

她统一服里那个逐渐丰满起来的躯体又有了生机，腹部也略微变圆，脸上浮现出朝霞般淡淡的红晕。

我把字条塞进她冰冷的手指里，紧紧地捏了一下她的手，最后一次端量了一下她的蓝眼睛。

"永别了！也许有一天还会……"

她抽出了手，弯腰弓背慢吞吞地走开。走了两步就很快转过身来，又回到我的身边。她嘴唇不断地翕动着，她用嘴巴、眼神乃至整个身体向我不停地诉说着同一句话，而脸上却挂着令人不忍目睹的苦笑和伤感……

然后这个木片般的小人儿弯腰弓背地走到了门口，墙外映出她小小的身影，她头也不回就很快地走了，越走越快……

我走到 Ю 的小桌前。她激动而又气愤地鼓动着腮帮子对我说：

"您瞧，个个都好像发疯了！这个人就硬说他在古屋附近亲眼看见了一个什么人——光着身子，浑身是毛……"

在已经稀少了的、个个脸红脖子粗的人群里，有一个声音插话说：

"没错！我再说一遍，我是看见了。"

"您看，多么蹊跷，啊？他这不是痴人说梦嘛！"

"痴人说梦"几个字她说得如此自信，如此坚定，让我不禁自问："这些时候，我和我周围发生的那些事，其实也是一场梦吧？"

可是我看了一眼自己那双毛茸茸的手，不禁又想起 I-330 的话："你的身上肯定也有几滴阳光和森林的血。也许正因为这个，我才对你……"

不，幸好这不是梦。不，很不幸，这不是梦。

笔记之三十三

提要：（本篇无提要，系匆匆写就，最后的话。）

这一天终于来临。

我赶紧拿起报纸，也许那上面……我是在用眼睛读报（的确是这样：我的眼睛现在就像是手里拿着的笔或者计算器，不过是身外之物，不过是件工具罢了）。

报纸头版用大号字体登出一整版如下内容：

"敌视幸福的人并未高枕而卧。你们要用双手捍卫幸福！明天暂停工作，全体号民均务必前去接受手术。凡未到场者，必将被送上造福主的机器。"

明天！哪里还会有。难道还会有什么明天吗？

我像平时一样，习惯成自然地伸手到书架上（手就是工具），把今天的报纸放进烫金封面的报夹子里。手抬到半空时，心里在想：

"这又何必呢？放哪儿不是都无所谓了吗？反正这个地方，这间屋子，我永远不会再来了，永远……"

于是报纸从手里滑落到地板上。我站在那儿环顾四周，眼睛把整个房间扫了个遍。我急忙盘算着带走什么，慌乱地往一只无形的箱子里塞我割舍不下的一切。桌子、书籍、扶手椅……I-330那次就坐在这把扶手椅里，我坐在她脚下的地板上。还有那张床。

后来我又站了一两分钟，傻傻地等待出现某种奇迹：也许会有电话打来……也许她会让我……

不，奇迹没有出现……

我走了——走向未知。这是我的最后一篇笔记。永别了，不相识的诸位，亲爱的诸位。我和大家在这部笔记里一起经历了那么多事，我把染上了心灵疾病的自己向你们和盘托出，连一个磨损了的螺丝钉、一条断了的发条都没漏掉……

我走了……

笔记之三十四

提要：*三个休长假者。阳光明媚的夜。无线电话女神。*

噢，如果我真的把我自己和所有人摔得粉身碎骨，如果我真的跟她一起到了长城外面，与那些龇着黄牙的野兽为伍，如果我真的永远不再回到这里，那倒也罢了。那样会轻松一千倍，一百万倍。可是现在让我干什么呢？让我去扼杀那个……幻想。可是这难道能行之有效吗？

不能，不能！Д-503，你可要把握住你自己啊。你要立足于坚实的逻辑基点上，哪怕花不太多的时间拼搏一场，像古代的奴隶那样，尽全力去推动三段论的石磨，直到把所发生的一切都记录下来，都琢磨透彻为止……

当我走上"一体号"时，人们已经到齐，已经各就各位，巨大的玻璃蜂巢里所有蜂房都已被占据。透过玻璃甲板看过去，下面尽是小得像蚂蚁似的人——他们守在电报机、发电机、变电器、测高仪、整流器、指示表、发动机、水泵、导管旁边。在公共休息厅里，一些人正俯身在图表和仪器上，大概是科学局派来的。第二建造师和他的两个助手站在他们一旁。

这三个人的脑袋都龟缩进肩膀里，个个脸色灰暗，像晚秋的天，了无阳光。

"喂，怎么样？"我问。

"哼，怪可怕的，"其中一个笑了笑说，一脸的灰色，了无阳光，"也许不得不降落在一个无人知晓的地方。总之，谁也不知道……"

我看着这几个人，心里就不是滋味——再过一个小时，我将用自己这双手把他们从《作息条规》安排的舒适生活中抛扔出去，使他们永远脱离大一统国母亲的怀抱。他们让我想起了《三个休长假的号民》里面的悲剧人物。我们这里每个小学生都知道这个故事。它讲的是：为了做试验，给三个号民免除了一个月的劳动，告诉他们，想干什么就干什么，想去哪儿就去哪儿①。几个倒霉鬼在他们平时劳动的场所附近来回转悠，馋猫似的朝里面张望。他们常常在大街广场上停下来，一连几个小时重复着他们每天在规定时间所做的动作——这些动作已经成为了他们肉体上的需要。他们用锯子锯空气，用刨子刨空气，手握无形的铁锤，敲打着无形的铸铁块。到了第十天，他们终于忍无可忍，就手拉着手走进河里，在《进行曲》的乐声中步步下沉，直到河水中止了他们的痛苦……

我再重复一遍，看着他们我心里很难过，便想赶紧离开这儿。

"我去机器间检查一下，"我说，"然后就出发。"

他们问了我一些问题：启动点火时要用多大的电压，尾部水槽应该注入多少压载用水。我身体里仿佛有一架留声机，它迅速而准确地回答着所有问题，而我却在不停地想着自己的事。

---

① 这是很久以前的事了，在《作息条规》颁布后的第三个世纪。——作者注

在狭窄的走廊里，有一张脸闯入我的意识——从那一刻起事实上就开始了……

在狭窄的走廊里，灰色的统一服和灰色的面孔不时地匆匆而过，在我目光里驻留片刻的只有一张面孔：头发低垂，像顶帽子似的扣在头上，眼睛缩进蹙紧的额头下面。他就是给我送便条的那个人。我明白了，她人在这儿，我是无法逃避这一切了。况且时间也所剩无几，只有几十分钟……我浑身上下所有的分子都在微微战栗（直到最后也未曾停止），仿佛装了一台巨型电动机，而我身体这座建筑物分量太轻，因此所有的外墙、内墙、电缆、房梁、电灯——一切都在颤悠……

我还不知道，她是不是也在这儿。不过，现在已经没有时间——已经派人叫我赶快到上面指挥室去了：就要出发了……可是去哪儿呢？

一张张灰色的、了无光泽的脸。底下水面上像是布满了一条条绷紧的青筋。天空中是一层层铸铁般沉重的乌云。当我抓起指挥电话的话筒时，我的手也沉重得像一块铸铁。

"向上，45度！"

响起了沉闷的爆炸声，船体向上一纵，船尾溅起像一座山似的白绿色浪花，脚下的甲板开始飘移，柔软得像橡胶一般。所有的一切，乃至整个生活，都永远地留在了下面……

四周的一切——蓝色冰雕似的城市、一个个小瓶子似的圆屋顶、孤零零铅灰色手指似的蓄能塔顶尖——刹那间仿佛越来越深地坠入一个漏斗形涡旋中，变得越来越小。随后是一片浓密的云幕，我们穿过了云幕，看见了太阳和蓝天。若干秒、若干分、若干里之后，蓝色迅速凝结，黑色弥漫其间，于是露出点点寒星，宛如一滴滴冰冷的银白色汗珠……

这真是一个令人胆寒的夜，它亮得刺眼而又漆黑一片，它星斗满天而又阳光灿烂。这就好像你突然失聪，铜号在狂吼，你还能看得见，但你只是能看得见而已：那铜号哑然无声。太阳也如此，也哑然无声。

这是很自然的，原本在预料之中。我们已经飞出了地球的大气层。只不过这一切来得太快，令人猝不及防，所以周围的人个个吓得呆若木鸡，鸦雀无声。而我呢，在这个充满梦幻色彩的哑然无声的太阳下，反倒觉得更加轻松。仿佛我经过最后一次痛苦挣扎之后，已经闯过了一道无法绕开的关口。我的躯壳留在了下面，而我自己飞翔在一个崭新的世界，这里的一切大概都是异样的、颠倒的……

"保持航向！"我对着话筒向机器舱大声地下达了指令，也许下达指令的不是我，而是我身体里的那架留声机，并且又是这架留声机用它那只装有活动关节的机械手把指挥话筒递给了第二建造师。我全身每个分子都在微微地战栗——这种战栗的声音只有我一个人听得见。我就这样跑下来，去找……

我来到公共休息厅门前——就是这扇门再过一个小时将哐啷一声重重地关上……门旁有一个我不认识的人，个子矮矮的，长相仿佛见过千百次，混在人群中很难辨认，只是两只手特别长，达及膝盖，仿佛由于忙中出错，把另一组人体零件中的手给他装上了。

他伸出长手拦住我：

"您去哪儿？"

我明白，他不知道我对这里的一切都了如指掌。这也没什么，也许就应该这样。我居高临下，故意声色俱厉地说：

"我是'一体号'的建造师，而且这次试航由我主持。您明白啦？"

长手缩了回去。

我走进公共休息厅。制图仪器和地图上俯着几个头发花白的脑袋，还有几个黄发的脑袋，谢了顶的脑袋，熟透了的脑袋。我把所有的人一股脑儿都很快扫了个遍，然后退了出去，穿过走廊，顺着舷梯下到了机器间。燃料点火爆炸后，管道变得炽热，因此这里温度很高，噪声也很大，那些闪闪发亮的曲柄像喝醉酒似的，跳着狂热的蹲跳舞，刻度盘上的指针片刻不停地微微颤动着……

终于在测高仪旁找到了那个额头低得像戴了顶帽子似的人——他正俯身在笔记本上……

"我问您……"我对着他的耳朵大声喊着（因为机器的噪声太大），"她在这儿吗？她在哪儿？"

额头下面的阴影里露出一丝微笑：

"她？在那边，在无线电机房……"

于是我就去了那里。那儿共有三个人，个个都戴着盔式通信耳机。她仿佛比平时高了一头，仿佛长了双翅，闪闪发亮，展翅欲飞，活像古代的众仙女瓦尔基里①，在高处，无线电天线上的巨大蓝色火花仿佛是她发射出来的，这里那股淡淡的闪电臭氧气味也好像是她散发出来的。

"我需要一个人，谁都可以……不，就是您吧，"我气喘吁吁地（由于跑的缘故）对她说，"我要向地面上飞船制造现场发报……我们走吧，我来口授……"

紧邻机房有一间鸽子笼似的小厅。我们在一张小桌子旁肩挨着肩坐下。我摸到她的手，用力捏了一下，说：

"怎么样？到底怎么样？"

"我不知道。您不觉得这样更好吗？只管飞，飞到哪儿

---

① 在北欧神话中，主宰世界的众神之王奥丁，每天派众仙女瓦尔基里从战场上把阵亡将士的英灵领回瓦尔哈拉殿（英灵殿），与他共进晚餐。众仙女在天上乘马疾驰，她们的盔甲闪闪发光，形成了北极光。

去都无所谓。很快就到 12 点了，还不知道会怎么样。到了夜里……我们俩夜里会在哪儿呢？说不定我们会在草丛里，在枯叶堆里……"

她身上放射着蓝色火花，散发着闪电气味，而我心里颤抖得更加厉害。

"请您记录，"我说，声音很大，并且仍然气喘吁吁（由于跑的缘故），"时间 11 点 30 分。速度 6 800……"

她一边看着面前的纸，一边隔着耳机的头盔低声说道：

"昨天晚上她带着你的便条来找我……我知道，我全都知道，你不要说话。那孩子是你的吧？我把她送出去了——已经到了长城那边。她会活下去的……"

我又回到了指挥室。眼前又是一个幻梦般的夜：既星斗满天，又阳光耀眼。墙上时钟的指针依然片刻不停地、一分一分地缓慢爬行着。一切仿佛仍然笼罩在薄雾之中，都在难以觉察地颤抖着（只有我一个人能觉察到）。

不知为什么，我觉得这一切如果不是发生在这里，而是发生在下面，靠近地面会好一些。

"停车！"我对着话筒大声喊道。

飞船仍旧在前进（由于惯性），但速度越来越慢了。突然，"一体号"仿佛被一根发丝扯了一下，在空中停留了片刻，接着发丝断了，于是"一体号"就像块石头一样向下坠落，越来越快。就这样，在静默中度过了几分钟，几十分钟，静得连脉搏都听得见。眼前的时钟指针距离12点越来越近。这时我明白了，我就是一块石头。I–330是大地，而我是被抛出的石头——石头急欲落下来，摔到地上，砸个粉碎……可是万一……下面已经是坚实的蓝色云幕。可是万一……

但是我身体里那架留声机灵活地、准确地抓起话筒，发出了"慢速"指令，石头停止了坠落。只有船体下面的四根支管（船尾两根，船首两根）在疲惫地喷着粗气，为的是把"一体号"刹住，于是"一体号"就像抛了锚似的，轻轻地颤动了几下，便牢牢地悬在了空中，距离地面大约有一千米。

人们都拥上了甲板（马上就到12点了，该响铃吃午饭了），从玻璃船舷上面探出身子，急不可待地、贪婪地看着下面那个长城外的陌生世界。琥珀色的是秋天的树林，绿色的是牧场，蓝色的是湖泊。在一个蓝色小碟似的湖泊边上，有一片象牙色的废墟，还竖着一根瘆人的枯黄手指——大概是偶然幸存下来的古代教堂尖塔。

"你们看！那儿，靠右边一点！"

那边的一片绿色的旷野上，有一个褐色影点在飞快地移动着。我手里正拿着望远镜，便把它下意识地举到眼前：原来那是一群棕色的马在齐胸深的草丛中奋蹄疾驰，骑在马背上的是那些身上覆盖着棕毛、白毛、黑毛的人……

这时，我听见身后有人说："我向您保证，我看见了一张人的面孔。"

"您得了吧！说给别人听吧！"

"给您望远镜，您自己看嘛……"

但是，马群已经消失，只剩下一片望不到边的绿色旷野……

在旷野般的寂静中，突然响起了震颤刺耳的铃声，它不仅打破了寂静，而且震撼着我和所有的人。这是午饭的铃声，再过一分钟就是 12 点了。

一个完整的世界顿时化作了凌乱的碎片。台阶上，不知是谁的一块金色号牌落在了地上。我也顾不了那么许多，一脚踩上去，它咔嚓一声碎了。有一个人在说："我保证，那是人的脸！"前面是一个黑幽幽的方洞——那是公共休息间敞开着的门，还有两排露出狞笑的白牙齿。

时钟缓慢地、不间歇地、一下又一下地敲响了，前几排的人已经开始往前走了，就在这当口儿，公共休息厅的方形门突然被两只似曾相识的、长得离谱的手给挡住了：

"站住！"

有人用手指捏住我的手掌——原来是站在我身旁的I-330。她问我：

"这是谁呀？你认识他吗？"

"他不就是……不就是那个……"

他已经站在了人家的肩膀上。他那张似曾见过千百次而又与众不同的脸，凌驾于几百张脸之上。

"我代表护卫局……正告你们——我在对谁说话，那些人心里明白，他们每个人心里都明白——我正告你们这些人：我们已经掌握了情况。我们还不知道你们的号码，但是我们掌握了全部情况。'一体号'绝不会落在你们手里！试航将进行到底。现在不许你们再乱说乱动，而且试航将由你们亲手完成。至于说以后……好啦，我的话说完了……"

鸦雀无声。脚下的玻璃砖变得像软棉花，我的腿也软得像棉花。我身旁的她，脸上挂着惨白的苦笑和愤怒的蓝火花。她伏在我耳边，从牙缝里挤出下面的话：

"原来是您干的？您'履行了义务'？还有什么可说的。"

她的手从我手里抽了出去，扇动着愤怒双翅的女神头盔已经到了前边很远的地方。我独自一人呆呆地、默默地随着大家朝公共大厅走去。

"这明明不是我，不是我干的！我没有对任何人说过这件事，除了这些不会说话的稿纸……"——我在内心里无声地、绝望地、大声地冲她喊道。

她隔着桌子坐在我对面，甚至没有一次正眼看我。她旁边那个人不知是谁，焦黄的秃顶。我听见有人在说话（是I-330）：

"'高贵'①？我亲爱的教授，只要从词源学角度分析一下这个词，就可以说明这是一种偏见，是远古封建时代的残余，而我们……"

我觉得我的脸色越来越苍白，大家马上就会发现的……但是，我身上的留声机正在按照规定把每块食物咀嚼 50 次。我把自己封闭起来了，仿佛关进古代那种不透明的房屋里——用砖头把门堵死，用窗帘把窗子遮住……

后来，我手里拿着指挥电话的话筒，在冷如冰霜的极度苦闷中继续飞行，穿过乌云，进入冰冷的、星光闪烁而又阳光明媚的夜空。时间在一分一分、一小时一小时地流逝。显然，我身体里那台连我自己也听不见声音的马达一直都在狂热地全速运转着，因为在我记忆的蓝色空间中某一个点上，突然出现了我的那张写字桌，伏在桌子上的 Ю 那鱼鳃般的面颊和我遗忘在桌上的书稿。我恍然大悟：除了她没有别人。一切都清楚了……

对，赶快去无线电机房，赶快……戴双翅头盔，蓝色闪电的气味……我记得我对她大声说了句什么，我还记得，她的目光穿过我投向远处，好像我是个玻璃人，而她的声音也好像来自远处：

---

① 原文本义为贵族身份、贵族风度，转义为高尚行为、高贵气质。为照顾上下文，这里译作"高贵"。

"我这儿忙着,正在接收地面来的发报。请您向她口授吧……"

在这个鸽子笼似的小舱室里,我思考片刻,果断地口授了如下电文:

"时间:14 点 40 分。下降!关掉发动机。全部结束。"

指挥室。"一体号"的机器心脏已停止了跳动,我们在降落,而我的心脏赶不及,落在后头,反而越来越高地升到喉咙里。先是云朵像疾风似的朝我们扑面而来,而后是远处的绿色影点——它的颜色越来越绿,越来越鲜明。现在一切即将结束……

就在这时,我看见了第二建造师那张白瓷盘似的、扭歪的脸。大概就是他用力猛推了我一下,我的头撞在了什么东西上。当我两眼发黑、快要倒下的时候,我恍惚听见他的话:

"船尾舵手,全速上升!"

飞船急剧跃升……别的事我什么都记不得了。

笔记之三十五

提要:戴着头箍。胡萝卜。杀人。

我一夜都没睡觉。通宵只琢磨着一件事……

昨天出事后，我的脑袋被紧紧地用绷带包扎起来。我感觉这不是绷带，这是头箍。一个玻璃钢制作的头箍铆在我的脑袋上，而我陷入了铁打的怪圈：我要杀死ΙΟ。杀了ΙΟ，然后找到I-330，对她说："现在你相信了吧？"最令人厌恶的事，莫过于用原始的、卑劣的手段杀人。一想到用个什么家伙砸碎脑壳让脑浆四溅，我就很奇怪地感到嘴里有一股令人作呕的甜味，所以我咽不下口水，老是往手绢里吐，弄得我嘴里发干。

我的柜子里放着一根沉甸甸的、浇铸后断裂的活塞杆（我原本要在显微镜下面检查它的断面结构）。我把自己的笔记手稿卷成个纸筒（让她把我从头至尾读个透，连一个字也别漏掉），又把那截断了的活塞杆装进纸筒里，然后就下楼去了。楼梯仿佛没有尽头，梯级像是液体的，滑得令人生厌，我还得不时地用手绢揩嘴巴……

到了楼下，我的心扑通地跳了一下。我停住脚步，抽出活塞杆，朝着检查台……

可是ΙΟ不在那儿，只是一张空空的、冰冷的台面。我想起来了：今天停止一切工作，人人都得去做手术，所以她没有必要待在这儿，因为这儿没有人要登记了。

大街上刮着风。天空中仿佛飞驰着一块块铸铁板。这种情景和昨天的某个时刻很相似：整个世界碎裂成一块块棱角锋利的碎块，每个碎块在飞速坠落时，都停留下来，在我眼前悬浮片刻，然后化作烟雾，了无踪迹。

如果这页书上的白纸黑字，本来排列得工整有序，却突然都离开了各自的位置，像受惊了似的东奔西窜，那么就会句子不成句子，只剩下诸如"惊""奔""像"这些毫无意义的符号。今天街上的情况正是这样：一群人没有排队，就像一帮乌合之众——向前的，向后的，斜穿的，横行的，各行其是。

这时街上已经空无一人。我大步流星地走着，却突然停了下来，只见那边二层楼上悬在半空的一个玻璃格子似的房间里，有一男一女正站在那儿接吻，那个女的整个身体仿佛折断了似的向后仰着。这是最后的吻，永恒的吻……

在一个街角，人头晃动，就像一丛带刺的灌木。人头的上空孤零零地飘着一面旗，上面写着："打倒机器！打倒手术！"而我（游离于我之外地）在想："难道每个人的痛苦都那么根深蒂固，非把它和心一起剜出来才能消除吗，难道每个人都非得先做出点什么，他才……"有那么一秒钟的工夫，我觉得整个世界上除了我这只野兽般的手和铁一般沉重的书稿，别无其他……

这时，有个男孩，全身前倾，下唇底下有一道黑影。下唇就像卷起的袖口，向外翻着，那张脸也扭曲变形——他哇哇地哭着，拼命地跑着，后面有人在追他，传来脚步声……

男孩的出现提醒了我："对呀，现在 IO 一定在学校，赶快去那儿。"我跑到了最近的一个地铁入口。

地铁口有个人边跑边说：

"不开车！今天地铁不开车！那里正在……"

我走了下去。那里简直是一个梦幻世界。一颗颗雕花水晶玻璃的太阳光芒四射。站台上挤满了密密丛丛的脑袋。一列车厢是空的，死死地停在那儿。

寂静中响起了一个声音。这是她的声音。我虽未见其人，但我熟悉这个像鞭声一样柔韧而清脆的声音，而且仿佛看到了两道呈锐角三角形的眉毛挑到了太阳穴……我大声喊叫：

"让开！让我过去！我必须……"

但是，不知是谁的手像一把大钳把我的胳膊和肩膀牢牢地夹住。寂静中传来一个声音：

"……不，你们快到上边去吧！那儿有人会治好你们的病，那儿会让你们饱餐一顿甜蜜的幸福，你们吃饱了就会安安静静地睡大觉，有组织、有节奏地打鼾——难道你们没有听见这种由鼾声组成的伟大交响乐吗？你们真是可笑，人家要让你们摆脱那些问号、那些曲里拐弯、折磨人的毛毛虫，可是你们却站在这儿听我讲话。快上去吧，去接受伟大的手术！我一个人留在这儿，这和你们有什么关系？这不关你们的事，我不愿意由别人决定我需要什么，我愿意由自己决定我需要什么。既然我所需要的是得不到的东西……"

这时响起了另一个声音，缓慢而凝重：

"哼！得不到的东西？这就是说，你尽管去追逐你那愚蠢的幻想，让它在你的鼻子前面摇着尾巴晃来晃去，是这个意思吧？不，我们要揪住它的尾巴，把它按住，然后……"

"然后就一口吃掉，再去呼呼睡大觉，于是又得有一个新的尾巴在你鼻子前面摇晃。据说，古代有一种动物，叫作驴子。为了让它一直往前走，人们在车辕上拴一根胡萝卜，正对着它的嘴脸，又让它咬不到。如果被它咬到，一口吃掉了……"

突然，那把大钳放开了我，我冲进人群中间她讲话的地方，就在这当口儿，人群大乱，挤成一团。只听后面有人在喊："他们来了，他们到这儿来了！"灯光闪了一下就灭了——有人剪断了电线，于是人潮、喊声、喘声、脑袋、手指……乱成一片。

我不知道，我们就这么连滚带爬地在地铁里跑了多久。终于跑到了台阶，看见了一丝微弱的光线，渐渐地越来越亮。我们又到了街上，然后向四面八方逃散……

于是又只剩下我一个人。风在刮着，暮霭低沉，简直就快要压到头顶上了。湿漉漉的玻璃人行道很深的地方，倒映着灯光、墙壁、脚朝上走动的人影。我手中那卷沉重得出奇的东西，坠得我仿佛向深渊沉落下去。

楼下那张小桌子旁，仍不见 Ю 的人影，她的房间也空着，一片漆黑。

我上楼回到了自己屋里，扭开了电灯。箍得紧紧的太阳穴怦怦直跳，而我在房间里踱来踱去，仿佛被关进了"桌子——桌上的白色纸卷——床——门——桌子——白色纸卷……"这个怪圈里。左边那个房间拉上了墙幔。右边房间里，那个满是疙瘩的秃顶正俯在书本上，额头像一条巨大的抛物线。抬头纹是一行行难以辨认的黄字。我们偶尔目光相遇，每当这时，我总觉得那一行行黄字写的是关于我的事。

……事情发生在 21 点整。Ю 来了，自己送上门的。清晰地留在我记忆中的只有一点：我喘气的声音很大，我自己都听得见，我想小声些，可就是办不到。

她坐了下来，展平了膝盖间的衣裙。红褐色的鱼鳃呼扇着。

"哎哟，亲爱的，原来您真的受伤了？我一听说，马上就……"

活塞杆就在我面前的桌子上。我嗖的一下站了起来，喘气的声音更大了。她听见了，话说了半句打住了，并且不知为什么也站了起来。我已经看准了她头上的部位，嘴里突然感到一种令人作呕的甜味。我赶快去摸手绢，可是没找到，就把口水吐在地上了。

右边隔壁那位——他那专注的黄色抬头纹似乎在琢磨我的事。不能让他看见，如果他看见了，那就更让人恶心了……我按下了电钮（我虽然没有这个权利，但现在已经无所谓了），墙幔落了下来。

她显然觉察到了，明白了是怎么回事，便朝门口跑去。但是我抢在了她前头。我喘着大气，目光片刻也不离开她脑袋上的那个部位……

"您……您疯了！您怎么敢……"她向后退去，一屁股坐到床上，确切地说，一下子摔倒在床上，把交叉着的两只手哆哆嗦嗦地插到膝盖中间。我浑身像上紧了的发条，一边仍然死死地盯着她，一边慢慢地伸出一只手（只有一只手可以活动），抓起那根活塞杆。

"我求求您啦！再等一天，只要再等一天！我明天就去，我明天就把手续办好……"

她这是在说什么？我抡起了胳膊……

我认为我已经杀死了她。是的，我不相识的诸位读者，你们有权把我叫作杀人凶手。我知道，我肯定会把活塞砸到她的脑壳上，如果不是她大声地说出下面这些话：

"看在……看在……我同意，我这就来……"

她哆哆嗦嗦的手扒下身上的统一服。臃肿的、枯黄的、肌肉松弛的身体翻倒在床上……直到这时我才恍然大悟，原来她以为我放下墙幔是为了……是因为我想要……

这未免太意外，太荒唐了，以至于我失声大笑。于是我身上那根上得紧紧的发条绷断了，手松开了，活塞杆当的一声掉在地上。这回我可是亲身体验到，笑是最可怕的武器：笑可以制服一切，就连凶杀也不例外。

我坐在桌旁咯咯地笑着——这是绝望的笑，最后的笑。面对这一荒唐的处境，我找不到任何脱身的办法。如果听其自然发展，又不知结局会怎么样。就在这时，突然出现了一个新的外部因素：电话铃响了。

我急忙抓起听筒，心想：也许是她？然而听筒里传来的是一个陌生的声音：

"请稍候。"

电话里是一阵没完没了的、令人心烦的嗡嗡声。远处传来脚步声，越来越近，越来越响，越来越沉重。终于，我听到：

"是 Д-503 吗？哦……我是造福主。立刻到我这里来！"

丁零——电话挂了，又是一声丁零。

Ю 仍然躺在床上，闭着眼睛，腮帮咧开着，似在微笑。我从地上拾起她的衣服，扔在她身上，从牙缝里挤出几个字：

"喂，快点，快！"

她用胳膊肘撑着欠起身来，两个乳房垂落到一旁，眼睛睁得圆圆的，活像个蜡人。

"怎么啦？"

"没怎么。快穿上衣服吧！"

她全身缩成一团，紧紧抱着衣服，有气无力地说：

"请您转过身去……"

我转过身子，额头抵在玻璃墙上。灯光、人影、火花，在湿淋淋的黑色镜面上颤动着。不，这都怪我，责任在我身上……他找我干什么？莫非他已经知道了她的事、我的事以及所有的事？

Ю 已经穿好衣服站在门口。我向她跨过去两步，使劲捏住她的手，仿佛马上就会从她手里一滴一滴地挤出我要知道的一切。

"我问您……她的名字——您知道我说的是谁——她的名字您报告了没有？没有吗？只请您说出实情——我要知道实情……我对一切都无所谓，只想知道实情……"

"没有。"

"没有？可是为什么呢，您不是去那儿报告了吗？"

她的下唇突然翻了出来，就像那个被人追赶的男孩，泪珠从腮边滚了出来，顺着腮边流淌下来……

239

"因为我……我怕一旦说出她的名字……我怕您就……您就不再爱……噢，我不能说，我不能啊！"

我听得出这话是真情。荒唐可笑却又是人性的真情！我打开了房门。

笔记之三十六

提要：空白页。基督教的上帝。关于我的母亲。

说来很奇怪，我的头脑就像是一页空着的白纸。我是怎么走到那儿的，怎么等候在那儿的（我知道我曾经等候），统统记不得了——就连一个声音、一张面孔、一个手势都记不得了。仿佛我与外界的导线全部切断了。

直到我已经站在他的面前，才如梦方醒。我连眼睛都不敢抬，只看见他放在膝盖上的两只铸铁般的巨手。这两只手沉甸甸地压在他自己身上，把膝盖都压弯了。他慢慢地活动着手指。那张脸藏在云雾缭绕的高处，仿佛就因为他的声音是从这么高的地方传到我耳边的，听起来才不像雷鸣，才不震耳欲聋，反倒更像一个普通人的声音。

"这么说，您也在其中？您这位'一体号'建造师竟然也在其中吗？您本该成为最伟大的征服者。您的名字本该为大一统国历史开创新的光辉篇章……您也参与其中了？"

血一下子涌上我的脑袋，涌上我的脸颊，又是一页空白，只听见太阳穴突突地跳，头顶上传来粗重的说话声，但一个字也听不清楚。直到他把话说完，我才清醒过来。我看见他的一只手像有千斤之重似的动了一下——慢慢地移动了一下，一根手指指着我。

"怎么？您怎么不说话？我说得对，还是不对？我是刽子手吗？"

"说得对。"我顺从地回答。接下去我听清楚了他的每句话。

"那为什么不说呢？您以为我害怕这个词吗？您从来就没有试过剥去它的外壳，看看它的内容是什么吗？现在我来剥开它给您看。请您回忆一下那蓝色的山冈，那十字架，那人群。一些人在山上，他们浑身溅满鲜血，把一个人钉在十字架上，另一些人在山下，他们泪流满面地在观看。您不认为上面那些人扮演的角色最艰巨、最重要吗？试想，如果没有他们，这一幕壮烈的悲剧演得成吗？愚昧的人群发出嘘声向他们喝倒彩，然而悲剧的作者——上帝本应该为此更加慷慨地犒赏他们。这位大慈大悲的基督教上帝自己把抗命不从的人送进地狱之火，把他们慢慢地烧死。难道他就不是刽子手吗？难道基督徒用篝火烧死的人，比被烧死的基督徒要少吗？

尽管这样，您要明白，尽管这样，这位上帝多少个世纪曾一直被誉为仁慈的上帝。荒谬？不，正相反，这是一份用鲜血书写的专利证书，它证明人具有不可移易的理智。早在人还处于野蛮状态、全身覆盖着毛发的时代他就认识到，对人类的真爱、代数学意义上的爱，就在于残酷——残酷正是真爱的必然标志。正像火的必然标志是它能够烧灼。您能给我指出一种不灼热的火吗？来，论证一下，辩论辩论嘛！"

我怎么能跟他辩论呢？我无法辩论，因为这些见解（在以前）也曾经是我的想法，只不过我从前没能给它们穿上一套如此漂亮的铁甲罢了。我保持着沉默……

"如果沉默意味着您同意我的看法，那么就让我们像两个成年人那样，在孩子们都去睡觉的时候，不遮不掩地谈一谈。我问一个问题：人们从小就祈祷、梦想、渴盼什么呢？就是希望有人能够确定不移地告诉他们什么是幸福，再用锁链把他们和这个幸福拴在一起。我们现在做的不正是这件事吗？自古以来人们就梦想天堂……您回忆一下：进了天堂就再也没有欲望，没有怜悯，没有爱。天堂里那些天使、上帝的奴仆……他们都是幸福的，他们都摘除了幻想（唯其如此他们才幸福）。我们已经追上了这个幻想，我们就这样把它抓住了（他的手攥成拳头，如果他的手里是一块石头，那石头会溅出汁来），只差把猎物开膛破肚取出内脏，再剁成小块，就可以分而食之了——就在这个时候，您——您……"

铸铁般粗重的说话声突然中断了。我全身通红，就像大锤下面铁砧上的一块铁锭。大锤默默无声地悬在半空，让你等着——这种滋味更……更可怕……

突然：

"您多大年龄？"

"三十二岁。"

"整整高出了一倍——您的天真程度相当于十六岁！我问您，难道您真的一次也没有想过，他们——我们还不知道他们的名字，但我确信我们可以从您这儿了解到——他们之所以需要您，只因为您是'一体号'的建造师，只想通过您……"

"别说啦！别说啦……"我喊道。

这就像你用手挡住自己的身体，对着飞来的子弹喊叫。你虽然还听得见自己那句可笑的"别说啦"，可是子弹已经把你射穿，你已经疼得在地上抽搐了。

对，对，我是"一体号"的建造师……对，对……我眼前一下子浮现出 IO 那张气急败坏、鼓动着砖红色腮帮的脸——就在她们两人一起来到我房间的那个早晨……

我记得很清楚：我哈哈大笑，并且抬起了眼睛。我面前坐着一个秃顶的人——一个有着苏格拉底式秃顶的人，秃顶上渗出细细的汗珠。

一切就这么简单。一切就这么伟大而又平庸，简单得令人捧腹。

我笑得喘不过气来，笑声一股一股地冒出来。我用手掌堵住了嘴，急急忙忙跑了出去。

台阶、风、灯光和人脸——看上去像一块块湿淋淋的、跳动着的碎片。我一边跑，一边在想："不行！得见她一面！一定再见她一面！"

这下面又是一页空白。我只记得一双双脚。没有人，只有脚：数百双脚，步子乱糟糟的脚，不知从上边什么地方落在路面上，仿佛滂沱大雨从天而降。还记得，有人在快活地、调皮地唱着歌，有人在喊着："喂！喂！到我们这边儿来！"——大概是在喊我。

随后我来到了空荡荡的广场，这儿的风力大得仿佛竖立着一堵密密实实的墙。广场中央兀立着一个灰暗的、沉重的、令人畏惧的庞然大物——那是造福主的机器。看见这台机器，我脑海里就像突如其来的回声似的映现出这样一幕情景：雪白耀眼的枕头，枕头上向后仰着的脑袋，一双半睁半闭的眼睛，两排尖利的、甜蜜的牙齿……不知怎的，这一切竟然都和那台机器荒谬可怕地联系在一起。其实我知道其中的原因，但我还是不愿意正视它，不愿意把它说出来。我不愿意，不提也罢。

我闭上了眼睛，坐在台阶上——台阶通向高处的机器。天大概下着雨——我的脸湿淋淋的。听得见远处什么地方隐隐约约地传来阵阵喊声。但是没有人，没有一个人听见我在呼喊：救救我，让我摆脱这一切，救救我吧！

我要是像古代人那样有个母亲该多好。一个属于我自己的母亲——真真正正的母亲。让我在她的眼里不再是"一体号"的建造师，不是号民 Д-503，不是大一统国的一个分子，而只是普通的、人身上的一块骨肉——母亲的亲骨肉，被蹂躏、被压垮、被抛弃的一块骨肉……无论是我把别人钉上十字架，还是别人把我钉上十字架，我都无所谓（也许两者都一样），我只求让她听见别人谁也听不见的声音，让她那张干瘪的、布满皱纹的、衰老的嘴唇能够……

笔记之三十七

提要：鞭毛虫。世界末日。她的房间。

早晨在饭厅里，左边邻座那位神色惶恐地悄悄对我说："您倒是吃呀！人家都在看着您！"

我拼足劲儿笑了一下。这我感觉到了——我脸上仿佛裂开了一个口子，我笑的时候，裂口越裂越大，疼得越来越厉害……

接下来发生了这样的事：我刚刚叉起一块食物，手里的叉子立刻抖了一下，碰响了盘子，随后餐桌、墙壁、餐具、空气都颤动了，都发出了响声。这时外面也发出了一声响彻云霄的、钢铁般的轰鸣，巨大的声浪越过头顶，越过房屋，渐渐化成了圆形水波纹，而后消失。

顷刻之间，只见一张张脸失去了血色，变得惨白，正开足马力咀嚼的嘴巴突然半路刹车，举起的叉子悬在半空一动不动了。

后来，一切都乱了套数，都脱离了常轨，人们都从座位上跳了起来（连国歌都没有唱），一边毫无节奏地咀嚼着，吞咽着嘴里的东西，一边忙不迭地相互发问："什么事？发生了什么事？什么事？"这台原本完整的大机器一时散了架，乱纷纷的碎片撒落下来——有的冲进电梯，有的跑下楼梯，台阶被踩得咚咚响，人们的只言片语，就像撕碎的信笺，被风刮得漫天飞舞。

附近各个楼房里的人，也都倾巢而出。只有一分钟的工夫，大街就变成了显微镜下的一滴水：封闭在玻璃般透明的水珠里的鞭毛虫们，在慌乱中东奔西跑，上蹿下跳。

"嗬！"——一个扬扬自得的声音。我看见了那人的后脑勺和指着天空的手指。我记得很清楚，他的指甲黄里透红，指甲下端有个白色的弯弓形，就像正在爬出地平面的半个月亮。这根手指就好像指南针，数百双眼睛循着它指的方向，朝天上望去。

天空中，一块块乌云仿佛在逃避无形的追捕，它们狂奔着，你推我搡，争先恐后，还有护卫局那些被乌云点染得黑黢黢的飞车，个个伸出一支象鼻子似的黑色望远镜镜筒。在西边天上更远的地方，有一个东西，很像……

起初，谁也看不懂那是什么，连我也没看懂，而我（很不幸）比其他人见识更广些。那很像是一大群黑色的飞车，由于飞行在不可思议的高空，看上去只是一些影影绰绰的小黑点在快速移动着。它们越来越近，空中传来阵阵嘶哑聒耳的啼叫声。终于看到了：原来是一些鸟在我们头顶上飞着。它们就像一个个黑色的锐角三角形，铺天盖地而来，凄厉地鸣叫着，坠落着，是飓风把它们刮下来的。它们纷纷落在屋顶上、电线杆上、阳台上。

"嗬！"那个扬扬自得的脑袋转了过来，这时我才发现他原来就是那个蹙额头呀。但是，先前的他如今也只剩下个虚名了——他仿佛整个人已经从永远蹙着的额头下面爬了出来。他的脸上，尤其是眼角和嘴角上，一缕缕发丝般的细纹逐渐舒展开来——他在笑。

"您明白吧，"他透过呼啸的风声，透过飞鸟的鼓翼声和聒噪声冲我喊着，"您明白吧。长城——长城被炸毁了！您——明——白——吧？"

远处，不时有人影闪过，他们个个梗着脖子，急忙往家里跑。在街道的中央，一群手术过的人，像岩浆似的滚滚而流，看似很快，实则很慢（因为身体太沉重）——他们向西边走去。

……又是那个嘴角、眼角长着一缕缕发丝般细纹的人。我拉住他的手：

"我问您，她——就是那个 I-330——在哪儿？是在长城外面，还是……我必须知道，您听见了吗？马上告诉我，我不能……"

"在这边，"他像醉了似的兴冲冲地对我喊道，露出一口结实的黄牙，"她在这边，在城里，她在行动。嘿，我们都在行动！"

"我们"是谁？我又是谁？

他身旁有五十来个和他一样的人，也是从阴暗的蹙紧的眉头里爬了出来的，也是那么大嗓门，神气活现，也是满口结实的牙齿。他们大口喝着狂风，手中挥舞着看上去很平和、很不吓人的电棍。（他们是从哪儿弄来的？）他们跟在手术过的人们后面，也朝着西边走去，只是绕道走上一条平行的大街——第48号大街……

我冒着像绷紧的绳索似的狂风，一溜歪斜地朝她那儿跑去。我找她干什么？我不知道。我跌跌撞撞地跑着……一条条街上空空荡荡的，整个城市变得那么陌生，那么怪诞，聒噪的鸟鸣听着就像它们在欢庆胜利，到处是一片世界末日的景象。透过玻璃的墙壁，我看到（并深深地刻印在记忆中）：好几栋楼里都有一些男号民和女号民在恬不知耻地行房交媾，甚至没有放下墙幔，也没有任何票券，就在光天化日之下……

我来到楼前——这是她住的那栋楼。楼门茫然若失地敞开着。前厅里检查台那边没有人。电梯卡在了竖井的中间。我气喘吁吁地爬上了似乎没有尽头的楼梯。到了楼道里。门牌上的号码像飞转的轮辐似的一一从我眼前闪过：320，326，330。I-330，就是这儿！

隔着玻璃门望进去，只见房间里的东西一片狼藉，乱得一塌糊涂。被人在匆忙中碰倒了的椅子，四脚朝天躺在那儿，活像一头倒毙的牲口，从墙边移开的床，斜歪着立在那儿，看上去很别扭。满地都是被踩过的粉红色票券，就像是被碾碎了的花瓣。

我弯下身子，拾起一张，一张，又一张：这三张上面都写着Д-503。每一张上都有我，都有一滴融化了的、倾注过度的我。而这就是我仅有的一切了……

不知怎么不忍心让它们就这么散落在地上任人践踏，我就又抓起一把，放在桌子上，小心翼翼地把它们展平，然后一看，不禁失声大笑。

笑有各种不同的颜色，这你们都知道。以前我不知道，现在才知道。笑不过是你内心爆炸产生的遥远回声。它可能是五彩缤纷的节日礼花，也可能是人体的血肉横飞……

有些票券上闪现出一个我全然不熟悉的名字。数字不记得了，只记得"F"这个字母。我一下子把桌子上的票券全都拂到地上，然后踩了上去——把我自己踩在脚下，还连声叨念着：活该如此……说完就出去了。

我坐在房门对面走廊的窗台上——仍然在期盼着什么，傻傻地在那儿坐了很久。左边响起了脚步声。走过来一个老头，他那张脸就像一只被针刺了许多孔而泄了气的空皮囊，上面尽是皱纹——还有一种透明的东西在从针孔往外渗，缓缓地流淌下来。慢慢地，我才恍惚看明白，那是眼泪。待到老头已经走远了，我才如梦初醒，叫住了他：

"喂，请问，您知不知道，I-330 她……"

老头回过头来，无可奈何地挥了一下手，又一瘸一拐地往前走去……

我在薄暮时分回到了自己的楼里。西边天空每隔一秒钟抽搐一下，射出蓝白色的光，随后从那边儿传来一阵沉闷的轰隆声。屋顶上黑压压地布了一层没有生气的小脑袋瓜——

那是一些小鸟。

我刚一上床躺下，睡神就像猛兽一样袭来，立刻把我送入了梦乡……

笔记之三十八

提要：(我不知要点是什么，也许可以概括为：丢弃的烟蒂。)

我一觉醒来，光线很强，照得眼睛疼。我眯起了双眼。头脑里仿佛飘着呛人的蓝色烟雾，一切都笼罩在迷雾中。在蒙眬中我突然想起：

"我并没有开过灯啊……怎么会……"

我爬起来一看，I-330正坐在桌旁，她一只手托着下巴颏，面带讥讽的微笑望着我……

现在，我正坐在这张桌旁写这篇东西。紧张得就像拼命上紧了的发条似的十到十五分钟已经过去了。可是我却觉得她好像刚刚出去把门关上，我还可以追上她，拉住她的手，而她也许会莞尔一笑对我说……

I-330刚才就坐在桌子这儿，我跑了过去。

"是你啊！我去过……我看见了你的房间——我还以为你……"

但是我话说了半截就撞上了她那硬撅撅的长矛似的眼睫毛，便把话噎了回去。我想起来了：那次在"一体号"上，她也是用这样的目光看着我，所以我必须立刻争取用一分钟的时间把一切都告诉她，让她相信我，否则就永远……

"你听我说，I，我应该……我应该把全部情况……不不，我马上就说——我先去喝口水……"

我口干得很——总觉得嘴里好像贴上了一张吸墨纸。我倒了杯水喝下去，还是不解渴，就把杯子放回桌上，双手紧紧抱起长颈水瓶……

直到这时我才发现，那蓝色的烟雾原来是香烟冒出来的。她把香烟送到嘴边吸了一口，接着就像我大口喝水一样，把喷出的烟雾也大口地吞了下去。然后她才开口说：

"不必了。别说了。说不说都无所谓，你不是看见我毕竟还是来了嘛。楼下有人在等着我。这是我们最后的几分钟时间，难道你愿意让它……"

她把烟蒂扔在地上，整个身子隔着椅子扶手向后仰去（那边墙上有个按钮，很难够到），我记得当时椅子一摇晃，它的两只腿就从地面上抬了起来。然后墙幔落了下来。

她走过来紧紧地搂住我。她的膝盖透过衣裙释放出作用缓慢、药性平和、散发着能够渗透到全身各个部位的温热毒汁……

突然之间……常有这种情形：你已经完全沉入甜蜜、温馨的梦乡，突然有个东西把你刺痛，你猛然一抖，两只眼睛又大大地睁开了……眼前的情形就是这样，我突然想起她房间里地上那些被人踩过的粉红色票券，其中一张写着字母"F"和几个数字……这些数字和字母在我头脑里像团乱麻似的纠结在一起，那种滋味直到现在我也说不清楚，但是我使劲压了她一下，疼得她叫了起来……

在这十到十五分钟里，又有一分钟的工夫，我看着洁白的枕头上她那向后仰着的头，半闭着的双眼，一口锋利而甜蜜的牙齿。这情景总是让我想到一件此时此刻不可以也不应该去想的事，而这个想法却又挥之不去，让我感到很荒唐而又痛苦不堪。于是我更加柔情，也更加凶狠地挤压着她——在她身上留下了更加清晰的青紫色指痕……

她说（没有睁开眼睛——这一点我留意到了）：

"听说你昨天见过造福主？这是真的吗？"

"是的，是真的。"

这时她的眼睛唰的一下睁大了，我欣然地观赏着她的脸如何迅速地变得苍白，如何渐渐地变得模糊，如何慢慢地消失，最后只剩下了两只眼睛。

我把事情的全部经过讲给她听了。只是不知为什么（不对，其实我知道为什么），有一点我隐瞒没说，就是造福主临末了说的那句话：他们之所以需要我，只因为我是……

她的脸、脸颊、洁白的牙齿、嘴唇，就像浸泡在显影液里的照片，渐渐地显现出来了。她站起来，走到了衣柜的镜子前面。

我又感到口干舌燥。我给自己倒了杯水，但是我看着那水直反胃，就又把杯子放回桌上，然后问道：

"你到这儿来，是因为你需要问清楚这件事，对不对？"

她从镜子里看着我——我看见了她那两道炭黑的眉毛嘲讽地挑到了太阳穴，恰似一个锐角三角形。她回过头来想说什么，却什么也没有说。

不用说。我知道。

和她告别吧？我移动自己的（又像是别人的）双腿，碰翻了椅子——它像死尸似的四脚朝天躺在那儿，就像那天她屋里那把椅子一样。她的嘴唇凉冰冰的。有一次就在这间屋子里，我床边的地板也是这么凉冰冰的……

她走后，我坐在地板上，低下头来看着她扔掉的烟蒂……

我写不下去了——我不愿再写了！

笔记之三十九

提要：结局。

这一切仿佛是抛进饱和溶液中的最后一颗盐粒：针状的

结晶迅速蔓延，硬结，凝固。我很清楚，事情已成定局，明天早晨我就去办。这样做等于自己去送死，不过这样我也许会获得重生，因为人只有死后才能复活。

西边的天空每隔一秒钟就在蓝光中抽搐一下。我的头在发烧，怦怦地跳着。我就这样坐了一个通宵，直到早上7点才入睡，那时黑暗已消退，天空现出了鱼肚白，落满了小鸟的屋顶已经清晰可见……

我一觉醒来，已经是上午10点（显然今天电铃没有响过）。桌子上还是昨天的那杯水。我咕嘟一口把水喝下去，就跑了出去：我必须尽快去办这件事，越快越好。

天上空空荡荡，一片蔚蓝，好像被狂风暴雨洗刷得干干净净。地上的影子见棱见角，万物仿佛都是用秋天的蓝色空气剪成的，薄得叫人不敢去碰，好像一碰就会碎，就会变成一堆玻璃粉末。我现在的心境就是这样：不能想，不要想，不要想，否则就会……

所以我没有想，甚至连看也未必真的看见了什么，不过是一些浮光掠影罢了。比如说，马路上不知哪儿来的树枝，上面的叶子有绿色的，有琥珀色的，有深红色的。又比如说，天上有小鸟和飞车交叉着飞来飞去。还有那一个个脑袋，一张张嘴巴，一只只挥动着树枝的手……伴随这一切的肯定会有各种声音：人的喊叫声、鸟的聒噪声、马达的轰鸣声……

后来我走过一条条仿佛被瘟疫洗劫一空的街道。记得我一脚绊在了一个软乎乎、松塌塌，却又直挺挺的东西上。我低下头一看，是死尸。它面朝天躺在那儿，像女人那样叉开蜷曲着的双腿。那张脸……

我认出了他那厚厚的黑人般的嘴唇，这嘴唇仿佛现在还喷吐着笑声。他紧眯着双眼在冲我笑。只有一秒钟的工夫，我就跨过他的尸体，向前跑去——因为我不能再耽搁，我得赶紧把事情办完，否则我觉得我会像一根超负荷的钢轨，扭曲变形，断成两截……

幸好只有二十几步路了，已经看得见"护卫局"的金字牌匾了。我在门口停了下来，吸足了一口气，才走进去。

里边走廊上是一条看不见尾的长蛇阵——号民们一个挨一个地排着队，手里拿着一叠纸或者厚厚的笔记本。他们慢悠悠地向前挪动一两步，便又停下来。

我在长队边上急得团团转，头疼得快要炸裂了。我拉着人家的袖子，哀求人家让我插进队里，就像一个病人在向人讨要一种良药或验方，以便在剧烈的短痛中了结这一切。

有个女的，制服外面紧系着一条腰带，臀部两个半球十分扎眼，她一直往四下里扭摆着两个半球，仿佛她的眼睛就长在这个部位似的。她拿我寻开心地说：

"他肚子疼！你们带他去厕所，就在那边，右面第二个门……"

人们对我哄堂大笑。听到笑声，我感到喉咙里堵得慌，真想马上大吼一声，否则……否则……

突然有人从后边抓住我的胳膊肘。我回过头一看，原来是两只透明的招风耳。但是，它们一反平常，不是粉红色，而是紫红色。颈下的喉结上下滚动着，眼看着就要把那层薄薄的外皮撑破了。

"您来这儿干什么？"他问，小钻头很快朝我钻来。

我死死地抓住他不放：

"赶快去您的办公室……我应该全部交代——现在就谈！正赶上跟您交代，这很好……直接跟您谈也可能很可怕，不过，这样很好，这样很好……"

他也认识她，而这使我更痛苦，不过他听了可能也会大吃一惊。这样就等于我将和他合伙杀人了，在我的最后时刻，我也不会是孤家寡人了……

门砰的一声关上了。我记得，门底下卡住一个纸片，当门关上去的时候，纸片把地板擦得沙沙响，后来我们仿佛被罩上了个罩子——陷入了一种奇特的、透不过气的寂静中。如果他说句话，无论一句什么话，哪怕是一句最无聊的废话，我也就一口气把全部情况都倒出来了。但他就是一声不吭。

我全身紧张到了极点，耳朵里嗡嗡响了起来。我说（不敢正眼看他）：

"我觉得，我一直都恨她，从一开始就恨她。我曾经斗争过……不过——不，不，您别信我的话。我本来是能够自拔的，但我不愿意，我宁愿毁灭。这对我来说比什么都珍贵……我的意思不是说毁灭，而是说希望她……就是现在，我已经了解了全部情况，我还是希望……您知道吧，造福主曾传唤过我，您知道吧？"

"是的，我知道。"

"可是他对我说的那些话……您要听明白，那些话等于是一下子撤掉了你脚底下的地板，你和桌子上所有的东西——纸张、墨水……墨水洒了出来，东西全都溅上了墨水点……"

"说下去，说下去！抓紧时间。外边还有人在等着。"

于是我吭吭哧哧、结结巴巴地把所有的事，把笔记里记下来的事都说了。我说到了真正的我和毛茸茸的我，说到了她当时对我的手都说了些什么话——对，一切都正是从这儿开始的。还说到了我当时如何不愿意履行义务，如何自己欺骗自己，她又是怎样弄到假证明的，我又是怎样一天天生锈变质的。也说了地下长廊以及长城外面的事……

我拉拉杂杂、凌凌乱乱地把这些事说了一遍，常常卡壳，找不到合适的词句。他那两片撇歪着的、双折弯的嘴唇含着讥笑，不时地把我所需要的词句递过来，我则感激地连连点头称是……突然，我发现（怎么可以这样呢？），已经是他在替我说话了，而我只是在一旁听着，并且连声说着："对，可是后来……正是这样，对，对！"

我感到领口周围开始发凉，好像涂了乙醚似的，于是我很难为情地问道：

"怎么会呢……这件事您是不可能知道的……"

他的脸上又是一丝冷笑，仍旧沉默不语，嘴撇得更加厉害……然后才开口：

"我看您总是想对我隐瞒一些情况。比如说，您把您在长城外边见到过的人都一一说了一遍，可是有一个人却被您漏掉了。您敢说没有吗？您记不记得您在那边曾经看见我一闪而过？对对，那是我。"

鸦雀无声。

突然，仿佛有人给了我当头一棒，让我不知羞耻地猛然醒悟：原来他也是他们的人……而我的全部经历，我的全部磨难，我拼死拼活、竭尽全力、当作功绩呈报上来的一切，就像古老的亚伯拉罕和以撒的故事①一样，只能博得一笑而已。亚伯拉罕把刀举过头顶正要砍杀他的儿子时，突然天上有一个声音说："不必认真！我不过开了个玩笑……"

---

① 上帝为了考验亚伯拉罕（犹太人的始祖）的忠诚，命他献出儿子以撒作为祭品。正当他举刀要杀以撒时，上帝派天使阻止了他。这个故事源自《圣经·旧约》。

我目不转睛地看着他那副越来越扭歪的冷笑，双手撑着桌子的边缘，和椅子一起慢慢地滑离了桌子，然后，仿佛把自己一下子抱在怀里，冲过喊叫声，冲过台阶，冲过一张张嘴巴，仓皇而逃……

　　我不记得我是怎么跑到了下面地铁站的一间公厕的。在地面上，一切都在毁灭，历史上最伟大、最有理性的文明正在土崩瓦解，而这里不知是由于什么人的捉弄，一切照旧，美好如初。四壁熠熠生辉，流水潺潺，令人舒畅，还有那可闻不可见的、行云流水般的音乐……只要想一想：这一切都在劫难逃，这一切都将湮没于荒草之中，这一切都将只能在"神话"中听到……

　　我禁不住放声悲叹。就在这时，我感到有人在亲切地抚摸我的肩头。

　　原来是我那位邻居，他坐在我左边的位子上。他那秃顶的前额像一个巨大的抛物面，上面的皱纹像一行行无法辨认的黄色字迹，而那些字记述着我的故事。

　　"我理解您，我完全理解，"他说，"不过还是请您冷静下来，不必这样。这一切都会恢复的，肯定会恢复的。关键是要让人们都了解我的发现。您是第一个得知这件事的人。我计算出来了，无穷大是不存在的！"

　　我大惑不解地看了他一眼。

"没错，没错，我是在对您说：无穷大是不存在的。如果宇宙是无限的，那么宇宙间物质的平均密度就应当等于零。可是我们知道，它不等于零，所以宇宙是有限的。宇宙呈圆球形，其半径的平方 r^2 等于平均密度乘以……只要我计算出这个系数，我就能……您明白吗，一切都是有限的，都是简单的，都是可计算的。只要计算出来这个系数，我们就将取得哲学上的胜利。可是您，尊敬的先生，您妨碍了我，您大喊大叫，使我无法完成这项计算……"

我说不清，究竟是什么使我为之震惊，是他的发现呢，还是他在这个世界末日到来的时刻所表现出的执着：他手里（直到这会儿我才发现）拿着一个笔记本和一把对数计算尺。我明白了，即使一切都毁灭了，我也必须把我的这些笔记完整地保留下来，这是我的义务（是我对各位亲爱的不相识的读者应尽的义务）。

我问他要了一张纸，就在此处写下了这最后几行……

我正要点上一个句号——像古人在掩埋死人的墓穴前插上十字架的时候，铅笔突然一抖，从我的指间掉了下去……

"喂！"我拉了一下那位邻居，"喂，我在跟您说话！您必须——您必须回答我：在您那个有限的宇宙终止的地方又是什么呢？再往前是什么呢？"

他没来得及回答——上面的台阶上响起了脚步声……

笔记之四十

提要：事实。钟形罩。我确信。

白天。天气晴朗。气压 760 毫米汞柱。

难道这 220 页文字真的是我 Д-503 写的吗？难道这些真的是我的感受吗？会不会只是我假想的感受呢？

笔迹倒是我的笔迹。下面的笔迹也是一样的，不过，所幸的只是笔迹相同而已，这里没有任何梦呓，没有任何荒谬的比喻，没有任何情感的宣泄，有的只是事实。因为我现在很健康，我完全健康，绝对健康。我在笑，我不能不笑，因为我头脑中那根芒刺已经被人拔除，我的头脑很轻松，那里面是空空的。其实倒也不是空空的，只是没有任何妨碍我笑的杂念（笑是正常人的正常状态）。

事实如下：

那天晚上，我那位发现宇宙是有限的邻居和我，以及和我们在一起的人，都被送进最近的一个大课室（大课室的编号是 112——不知为什么我觉得这个编号很熟悉）。在那里，我们都被捆绑在台子上，接受了伟大的手术。

第二天，我，Д-503，进见了造福主，讲述了我所了解的有关幸福的敌人的全部情况。为什么以前我总觉得这件事很难呢？真不可理解。唯一的解释就是，因为我以前有病（有

"心灵")。

当天晚上,我(平生第一次)来到了闻名的瓦斯室,和他——造福主同桌而坐。人们把那个女人押了上来。她应该当着我的面供出事实。这个女人硬是不开口,还在那儿笑。我注意到,她长着一口锋利而洁白的牙齿,很美。

然后她被押解到瓦斯罩下面。她的脸变得十分惨白,可是因为一双眼睛又黑又大,所以看上去很美。当开始抽出瓦斯罩的空气时,她把头仰向后面,半闭上眼睛,紧紧地咬住嘴唇——这副模样使我联想起什么。她用力抓住椅子的扶手,眼睛在看着我——就这么一直看着我,直到眼睛完全合上。于是人们把她拖了出来,并且用电极使她很快恢复了知觉,随后又把她放到瓦斯罩下面。如此这般反复三次,她却一个字也不招。和这个女人一起押进来的其他人就老实得多,他们中许多人只受了一次刑就开口说话了。明天他们即将走上造福主的机器。

事不宜迟,因为西部街区仍然是一片混乱,哭叫声不绝于耳,尸横遍地,野兽出没,而且令人遗憾的是,为数不少的号民背叛了理性。

但是,在横向的第 40 号大街,已经筑起了一道临时的高压电波长城。我希望我们一定获胜。不但如此,我确信我们一定获胜。因为理性必胜。

对扎米亚京的《我们》的再思考

吴泽霖

　　著名俄国作家扎米亚京在 1921 年出版了"反乌托邦三部曲"的奠基之作《我们》，然而自作品发表以来，它一直没有受到客观公正的评价。为了理解这部小说的奇特命运和历史价值，我想谈谈小说产生的历史背景和思想艺术特色的一些侧面。

　　一、《我们》是在乌托邦文学样式中，对俄罗斯民族传统社会思考的延续和深化。

　　乌托邦小说，作为自古以来预想和思考未来社会的一种文学形式，在近代社会得到了充分的发展，在 16—19 世纪有近千种之多，20 世纪上半叶就有三百余种。而其中反乌托邦小说，作为对社会理想的批判思考形式，尤其在工业化最早的英国得到了蓬勃的发展，表现出现代人面对工业化社会的美好理想和现实弊病之间矛盾反差的反思。

　　而俄国乌托邦小说的特点，则在于它更着眼于思考俄国民族最迫切的社会问题，对未来社会的理想常常是以梦境的形式来表现的［比如从苏马罗科夫的《幸福社会之梦》（1759），到车尔尼雪夫斯基的《怎么办》中维拉的梦］。这不仅是为了对付俄国严格的书报审查制度，而且也由于俄国残酷的社会现实和理想之间存在着太深的断裂。

而俄国的第一部反乌托邦小说，奥托耶夫斯基的《无名城》写于1839年，它反映了俄国人在步入资本主义社会门槛时已经开始对未来建立在功利主义之上的唯利是图的社会进行批判性思考。而值得注意的是20世纪初年的一些反乌托邦小说，如 Н. Д. 费德罗夫的《2217年的一个夜晚》（1906）和 В. Я. 勃留索夫的《地球》《南十字架共和国》（1907），都尖锐地提到了现代工业文明和自然、人性的冲突。其中甚至从情节上都有可供扎米亚京的《我们》借鉴之处。

《2217年的一个夜晚》中的城市是罩在透明罩子里的，马路上滚动着"自动行走带"；每一个人的肩上都缝着自己的"工作号"（但是相互间还有称谓，《我们》中则没有了），这里也取消了婚姻，"千人长"逼迫人去报名"为社会服务"——就是去和一个象征统治者的卡尔波夫博士过夜。一个叛逆者巴维尔向往着农夫的生活，他认识到，现在人人温饱的生活中"所有人都是奴隶"，"可怕的没有意义的'多数'像石头一样压制着一切自由的运动"。他想"扼死这些没有灵魂的人"。

《地球》《南十字架共和国》里的故事同样发生在罩着玻璃罩子的城市里，这里有高度发展的科技，有丰富的物质文化生活，却在民主的幌子下实行着专家的专制统治，这里的人们住着同样的房子，穿着同样的衣服，在同一时间吃同样的饭食。这里同样有严格的书报审查制度，以防反对"苏维埃"（假想的当时的政府）专政的言论发表。结果，这个城市里的人们都患上了一种"矛盾综合征"：想的是一样，说的是另一样，这个病症终于使这个城市很快毁灭了。

这些反乌托邦文学情节的共同特点就是：人与大自然的隔裂，高度发展的工业化社会，科技文明的发达，高度的统一性压抑了人的个性，而富足是以丧失个性自由为代价的。

在十月革命前（1916—1917）目睹了英国工业化社会种种弊端的扎米亚京写作《我们》，实际上是继续着他在写作《岛民》（1917）时期已经开始的思考，同时也是继续着俄国人传统的反乌托邦思考。当然，作为一个20世纪的思想先行者，他的思考范围绝不仅仅是苏联社会，而是在警惕地、批判性地审视着整个人类的现代化社会发展走向。扎米亚京1932年对《我们》的主题这样解释："目光短浅的评论家在这部作品中只看到政治讽刺，这当然是不对的。这部小说是一个危险性的信号，预告人和人类社会会受到无论是机器还是国家过大权力的威胁。"

《我们》写成于 1921 年。苏联在 20 世纪 20—30 年代之后愈演愈烈的社会弊症当时还在萌芽状态。与其说扎米亚京是在诽谤苏联社会，不如说是表明，由于他对现代社会初见端倪的弊症有尖锐目力和思想预见力，对之后几十年可怕后果不幸而言中。

二、同时，《我们》又是针对十月革命初年的空想社会思潮而发的。

国内外有一些学者常常援引扎米亚京对小说的解释，试图为之"说情"：《我们》不是针对苏联的。但是，应该看到，《我们》又确实是对十月革命初年，特别是对特殊时期社会思想文化领域形形色色的社会乌托邦思想的一种反应。小说并没有去过多地展示科技进步对人类造成的"威胁"，而是把工业化和集权化绝对地联系起来（这在对比另一部著名的反乌托邦小说《美丽新世界》时格外明显）。小说思考的是关于自由和幸福的关系、人的个性权利和暴力、极权的矛盾问题。所以也可以说，在俄国长期专制制度的背景下，扎米亚京进行的首先是对民族命运的具体思考。

十月革命后，苏联推行的政策，以超经济的强制、政治上的集权来抵御国内外的强敌，战胜国民经济上的严重破坏，从而要求国家权力的高度统一。而这种由于种种原因而不得不施行的暂时性的措施被一些人（如无产阶级文化派）绝对化、理想化，作为一种社会理想来歌颂，便成为一种荒谬的东西。这其中所隐藏的极大的危险性已为后来的历史所证实。

《我们》的书名就是十分有意义的。因为"我们"正是当时无产阶级文化派思潮最典型、最基本的主题：

> 一切是我们，
>
> 在一切中是我们，
>
> 我们是火焰和胜利之光，
>
> 我们是自己的神灵、法官和法典。
>
> （基里洛夫《我们》）

而另一位无产阶级文化派诗人加斯捷夫在《无声阶级文化》（1919 年 9—10 期）上是这样描述机械化的集体主义未来的：

"标定的倾向不断扩大，成为工人运动的战斗形式，从无产阶级的罢工、怠工，到社会创造、饮食、住宅，以至整个个人私生活到美学的、智力的乃至性的需要。机械化的不仅是各种姿势，不仅是生产劳动的方法，而且还有日常生活的思维，这种机械化和极端的客观主义相结合，使无产阶级的心理惊人地标准化起来……即使还没有国际语言，也有了亿万人拥有的国际化的姿势、国际化的心理模式。而正是这一点使无产阶级的心理具有惊人的无记名性，可以将个别的无产阶级分子任意视为 a、b、c，或是 325、075、0 等等……继而这种趋向无形中使个性思维成为不可能，使之融于整个阶级的客观心理及其心理开关、接合系统中。……这种机械化了的集体主义的出现和个体性如此格格不入，如此具有无记名性，这就使这些复合性的集体运动接近于某些物质性的运动，在这些物质中，没有人的个性面目，有的只是均衡的、标准化的步伐，无表情的面孔，无感情的心灵；激情成为不能用呼喊和笑声，而要用压力计和计费器来衡量的。……我们在走向对事物、对机械化了的人群前所未有的客观性展示，我们在走向不知道任何个人隐私和柔情的、震撼人心的一览无余的壮美。"

加里宁在评价这位无产阶级文化派诗人的一首诗时曾这样说："这里没有个体的'我'的位置……这里只有一个多种面孔的无比大的不可计数的'我们'。"对这样一种浑然一体的"我们"，另一位无产阶级文化派理论权威 A.波格丹诺夫给了画龙点睛的一笔。他一针见血地指出，在这幅模式图中，"还有一个隐而未现却十分重要的一面。在他的集体背后……有一些看不见却可以感觉到的领导权威。"

于是，在这权威的领导下，

在噪音、闪光和轰鸣声中，

人和物有节奏地行进，

我明白，我清楚地看到，

他们每个人都戴着号码和通行证。

所有的房子都呈正方块形，

住宅街道都方方正正，

人们都置身于立方体的房间中，

每个物体都明白和知道

自己在巨大运动中的使命……

这是著名的《我们》一诗的作者基里洛夫的又一首诗——《铁的救世主》。

至此，可以看出，实际上，无产阶级文化派已经为扎米亚京塑造了《我们》中基本的形象体系、活动方式和生活场景，区别仅仅在于，在无产阶级文化派看到美和善的地方，扎米亚京看到的却是丑与恶，是和他的人道主义理想格格不入的危险的前景。

三、《我们》的主题和艺术成就。

正如《我们》中的主人公Д-503所说的，"要想鉴别思想是什么材料制作的，只需给它滴上一滴强酸就行"。这就是把事物引导到极限。《我们》中的新现实主义方法就在于把无产阶级文化派的逻辑推向终点，从而对俄国社会革命家、俄国思想家长期思考和探索的问题提出自己的看法。

这部日记体的悲剧小说描写的是经过"二百年大战"而建立起的"大一统国"。它几乎复写着前面提到的反乌托邦小说的种种背景：围着绿色的高墙，头上是消过毒的天空，一切建筑都是玻璃铸成的；这里没有个人的隐私，没有个人的姓名，只有胸前的国家号牌；为了使每一个"号民"得到"数学般的绝对幸福"，他们以牺牲个性自由为代价而达到"理想的非自由状态"；在这里，舞蹈的美是因为它是一种"非自由的运动"，而"诗歌就是为国家服务，就是实用"；千百万"号民"按照《作息条规》《诚实号民义务条例》，同时起床、散步、进食、工作、睡觉，甚至性生活也服从统一的安排。总之，个性消失了，就像微小的"克"在"吨"面前那样无足轻重和必须服从。

而这种幸福境界——"理想的非自由状态"是需要暴力，需要威严的造福主的极权统治来维持的，需要他那无所不在的手——护卫局无所不在的监护和造福主的"钟形瓦斯罩"——酷刑机器的惩治，当然，还有已经深入每个号民心中的护卫们的自我审查。

然而反叛仍然不会止息。女主人公 I-330 一伙筹划把准备去"解放"其他星球上处于"野蛮的自由状态"的生物的

"一体号"飞船劫持到"绿色长城"之外（象征自由和自然）。日记的主人公，受着思索、失眠折磨的Д-503被确诊患病——"长出了心灵"，为此而做了"幻想摘除术"，于是"头脑又空了、轻了"，"没有任何妨碍笑的东西了"，他自愿向造福主供出了"幸福的敌人"，包括自己心爱的女人。

小说中的造福主对幸福和暴力做了辩证的诡辩：人类一直想有人一劳永逸地告诉他们什么是幸福，然后用锁链把他们圈进这一幸福之中。而现在所做的正是这样的事。于是，一切暴力都得到了辩解。在这里，扎米亚京的思考又回到了多少年来俄罗斯思想家始终思索的问题：这里不仅有关于"天堂"抵不上"一个小孩的眼泪"的辩争，关于能否以对未来的允诺剥夺人们的真实权利的辩争，还有能否接受放弃个性和自由的幸福，能否去筑造一个幸福的蚂蚁窝的思考。

女主人公I-330以个性自由反抗极权主义的形象，表现了扎米亚京的思想。她不承认最后的革命，不同意有"终止了的"宇宙，她反对这种"精神上的熵"。她在造福主的酷刑中，坚韧沉默地望着造福主和木然傍坐的Д-503——自己的恋人和出卖者。她知道"绿色长城"正被打破，人与自然的隔裂一定要消除，墙外的反叛仍在继续，人性中向往自由、爱情的"我"总是要说出自己的话来，即使如Д-503这样诚实的"号民"也会不由得"长出了心灵"来。教条的、划一的、极权主义的东西是和人的本性格格不入的。可以说，《我们》（1921）已经阐明了作者在20世纪20年代一系列文章中的观点，发出了共产主义理想可能被扭曲的"危险信号"。

同时，《我们》也充分地展现了他独特新颖的新现实主义的艺术创新。它不再是传统现实主义的写真，也不是象征主义地完全超越这个现实的世界。它怀着对这个世界的挚爱，既超越而又贴近这个世界，多维地、动态地看到这个世界的深层问题。于是，现实与幻想结合的画面，夸张、荒诞和隐喻的运用，就成为思考这个世界的必要手段。小说富有象征主义绘画般浓烈的感觉色彩。透过Д-503的心灵和眼睛折射出的世界，充满鲜明而意味深长的视觉性和感觉性。造福主暗如深洞的眼睛、I-330那火红的嘴唇、号民们蓝色的制服、出入于护卫局的身形如S的家伙……通过这些形象，作者打通了和读者灵犀相通的感觉通道。而扎米亚京独特的语言辛辣尖刻而又深邃幽默，的确不愧为高尔基所说的"俄罗斯语言的卓越大师"的称誉。

四、《我们》在文学史上的地位。

不能否认，《我们》的作者当年对苏维埃国家抱着不信任的态度，也不能否认，《我们》的开禁是得到当年苏联"变革者"的支持的。他们也的确要用《我们》这锅老汤来煮自己的肉。

然而，应该指出，《我们》所抨击的，绝不是《共产党宣言》里所预言的那个作为人类历史发展必然产物的共产主义，不是那个"每一个人的自由发展是所有人自由发展的条件"的共产主义。人们如果在《我们》中照见现实中某些相似的东西，从而认为它对现实的颠覆起到了推波助澜的作用，那么应该说，这并不是《我们》的过错。从小说对社会政治层面的影响来说，它本应该成为促进俄国共产主义运动健康发展的因素。正如扎米亚京当年说过的："俄国现在没有敌视革命的作家。因为他们并不认为革命是一位需要特别守护，要躲开哪怕只是一点点穿堂风的肺痨小姐。"这部小说创作于苏联建国之初（1921）而发表于苏联解体之前（1988），这与其说是《我们》的不幸，不如说是我们的不幸。

从世界文学史的层面来看，《我们》作为20世纪著名的"反乌托邦三部曲"的奠基作，第一个提出了现代社会中机器和国家对人的压抑这个世纪性的主题，并发出了危险的信号。和另两部流露出悲观情绪的反乌托邦作品（乔治·奥威尔的《1984》和阿道斯·赫胥黎的《美丽新世界》）相比，它在思想艺术上显现出坚韧的积极情调，表现出扎米亚京对"革命的辩证法"、对世界永远向前的坚定信念。

1932年3月扎米亚京在和记者的谈话中说："人们给我讲

过一个关于公鸡的波斯寓言。一只公鸡有一个坏习惯，总爱比别的鸡早叫一小时。主人陷于尴尬的处境，最终砍下了自己这只公鸡的头。小说《我们》看来也是这只波斯公鸡：这种问题以这种形式提得太早。"①

而在世界的一脚已迈进后现代社会的今天，在世界走向多极化、多元化的今天，在人的个性呼唤着伸张的今天，在人类经历了 20 世纪现代化进程中人和自然相敌对的现实，人性可怕的异化，人文精神失落的危机，极权主义、法西斯主义的迫害之后，再拉响《我们》曾试图发出的预见性的危险信号不会是亡羊补牢吧？无论如何，我们不能不为这部写于 20 世纪前叶而前瞻着整个世纪和更远未来的小说感到骄傲。它以其在思想、艺术上的先锋性在 20 世纪文学史上留下了光辉的一页。

（原载《俄罗斯文艺》2000 年第 2 期。收入本书时，文中《我们》的若干引文根据本书进行了统一。——编者）

---

① 《世优》（沃罗涅什）1989 年第 1 期，第 18 页。

自 传

叶甫盖尼·扎米亚京

就像在一块拉紧了的黑色窗帘上开了一些小洞一样，这里展示了我幼年生活的点点滴滴。

在餐厅里，一张铺着漆布的桌子，桌上有一盘奇怪的、闪闪发亮的白色东西。真奇怪！这白色的东西眼看着就突然消失得无影无踪。盘子里原来是一小块陌生的外部宇宙——那是人们拿给我看的一盘雪。这盘奇妙的雪，我至今记忆犹新。

同样也是在这间餐厅里。一个人抱着我站在窗前，窗外透过树木可以看到红气球似的太阳正在渐渐暗下来，我觉得就像末日到了一样，更可怕的是母亲不知去了什么地方还没有回来。后来我才知道，那个人就是我的外祖母，在那一秒钟的时间里我急得差点死了。那年我刚一岁半。

后来，在我两三岁的时候，我第一次看见人，许许多多的人，成群的人。那还是在扎顿斯克，父亲和母亲驾着两轮马车，带上我，来到这个城市。教堂、蓝蓝的烟雾、唱诗、灯火、像狗一样号叫的疯女人，吓得我心提到了嗓子眼。终于完事了，我就像一片小木片，和人群一起被挤出门外，这时我已经是孤零零的一个人在人群当中：父亲和母亲不见了，我再也见不到他们了，我将永远是孤零零的一个人了。我坐在一个坟头上，顶着太阳，放声痛哭。我一个人在这个世界上度过了整整一个小时。

在沃罗涅日。一条河，河里有个我觉得好奇怪的洗澡用的木箱。好大的一个粉红色、胖乎乎、圆滚滚的女人身体在木箱里拍水（后来我在水池里看见白熊时还想起这件事）——那是我母亲的姨妈。我当时觉得很新奇，又有些害怕：我第一次懂得这是女人。

我在窗边等待着，望着空荡荡的街道，那里只有几只鸡在尘土里嬉戏。终于我们家那辆四轮马车拉着父亲从学校里回来了。他坐在高得出奇的座位上，膝盖间夹着一根手杖。我心急火燎地盼着吃午饭的时间快点到来——午饭时我总是大模大样地翻看着报纸，并且把"祖国之子报"[①]几个大字读出声来。我已经认识这种神秘的玩意儿——字母。我那时四岁。

夏天。到处散发着药味。突然，我的母亲和几个姨妈慌

---

① 《祖国之子报》是1862年至1901年在彼得堡出版的一份具有自由思想倾向的报纸。

忙地关上了窗户，锁上了阳台门，于是我把鼻子贴在阳台的玻璃窗上往外看。一辆马车！车夫穿着白大褂，车上蒙着一块白罩单，罩单下面躺着人。他们身体蜷曲着，手和脚微微摆动着。这是一些霍乱病人。霍乱隔离棚就在我们这条街上，离我们家很近。我的心怦怦直跳，我知道了死亡是怎么回事。这时我已经五六岁了。

最后一件事：在八月一个天朗气清的早晨，远处修道院传来嘹亮的钟声。我走过我家房前篱笆围着的小花园，不用抬眼看就知道：窗户开着，母亲、外祖母、姐姐都在看我。因为我第一次穿上长裤（"上街穿的"）、学生制服上衣，身上背着个书包——这是我第一次去学校。送水工人伊兹玛什卡赶着马车一颠一簸迎面走过来，他坐在大木桶上，回头看了我好几眼。我很自豪。我长大了——八岁多了。

这一切都是我在坦波夫平原上的列别江①经历过的事。托尔斯泰和屠格涅夫曾描写过的这个列别江向来以赌棍、吉卜赛江湖艺人、马匹交易市场和俄语粗话闻名于世。年代是1884 年至 1893 年。

* * *

接下去是像学生制服呢子一样灰溜溜的中学生活。在一

_____

① 俄罗斯中部顿河流域的一座城市，1917年前属坦波夫省，今属利佩茨克州。

片灰色当中，偶尔可以看到美丽的红旗。这面红旗挂在消防瞭望塔上，它在那个时候绝不是象征社会革命，而是表示零下二十度的严寒。不过，在那单调乏味、整齐划一的中学生活中，这倒也算是只有一天的短暂革命了。

悲观的第欧根尼灯[①]——是在我十二岁那年的事。这盏灯是一个身体很壮实的二年级学生点的，蓝紫红三色的灯在我左眼下面足足点了两个星期。我默默地祈求着奇迹，祈求着让这盏灯熄灭。奇迹没有出现。我陷入了沉思。

我常常感到孤独，书读了很多，很早就读起了陀思妥耶夫斯基。我至今还记得，读《涅陀契卡·涅兹凡诺娃》[②]的时候，我激动得全身发抖，脸颊绯红。陀思妥耶夫斯基长期一直是一位长者，甚至是令我敬畏的长者；果戈理（以及很久以后的阿纳托尔·法朗士[③]）则是朋友。

自 1896 年起，在沃罗涅日读中学。我有一个人尽皆知的特长：俄语作文；我还有一个无人知晓的特长：为了"锻炼"自己，在自己身体上做各种各样的实验。

我记得，上七年级那年的春天，我被一只疯狗咬了。我找来一本医书，读了以后知道，狂犬病症状最早出现的时间

---

① 据传说，古希腊犬儒派哲学家第欧根尼（约前404—约前323）为了寻找"正直的人"，曾在大白天提着灯笼上街。本文提到的点灯一事显然是那个二年级学生的暴力杰作。
② 陀思妥耶夫斯基的一部中篇小说（未完成，1849）。
③ 阿纳托尔·法朗士（1844—1924），法国作家，诺贝尔文学奖获得者。

通常是在两周之内。为了考验一下命运和我的身体，我决定拖过这个时间，看我是否会发疯。在这两周之内，我每天写日记（这是我一生中唯一的一本日记）。两周过去了，我没有疯。我找到校方领导，报告了这件事，便立即被人送往莫斯科去接种狂犬病疫苗。我这次试验很成功。后来，大约过了十年左右，我在彼得堡的白夜里为恋爱而发疯的时候，我又对自己做了一次实验。这次试验更认真，但未必更高明。

1902 年，我脱掉了中学生的灰呢制服。我把金质奖章①送到彼得堡的一家当铺，当了二十五个卢布。这枚奖章就留在那里了。

我记得，那是中学的最后一天，在学监的办公室。学监（按照中学里的"官阶表"，他属于"母马"那一级②）把眼镜推到额头上，一边提裤子（他的裤子总是往下滑），一边递过一本小册子给我。我读了作者在那上面的题词："献给我的 almae matri③——关于它，我所能回忆到的只有坏的一面，而无其他。帕·叶·晓戈列夫④。"于是学监用训诫的口气，指着我的鼻子，把"O"字读得很重地说："这好吗？他在我

---

① 扎米亚京毕业于沃罗涅日中学时因成绩优秀而获得金质奖章。
② "官阶表"不过是戏言，"母马"则是学生们送给那位学监的绰号。
③ 拉丁语，意即母校。
④ 帕·叶·晓戈列夫（1877—1931），俄国文艺学家和历史学家，十月革命前曾发表过有关十二月党人和普希金生平的著作。

校毕业时也得了奖章，可他都写了些什么！这不进了大牢。请听我的忠告吧：不要去写书，不要走这条路。"训诫没能奏效。

* * *

20世纪初期的彼得堡是科米萨尔热夫斯卡娅①、列·安德列耶夫②、维特③、普列韦④、披挂着蓝网的走马⑤、带顶座的有轨公共马车⑥、穿制服佩长剑的大学生⑦和穿高领衬衫的大学生⑧的彼得堡。我属于穿高领衬衫的大学生一类。

冬天的一个星期日，涅瓦大街上挤满了黑压压的人群，他们慢悠悠地走来走去，好像在等待着什么。整个涅瓦大街都由杜马大厦的消防瞭望塔指挥着，人们都目不转睛地望着塔上的大钟。号令发出了——大钟敲响了一下，正午一点，大街上黑压压的人群拥向四面八方，《马赛曲》、红旗、哥萨克骑兵、清道夫、警察……这是第一次（对我而言）游行示

---

① 科米萨尔热夫斯卡娅（1864—1910），俄国名演员。曾在彼得堡创立以她名字命名的剧院。
② 列·安德列耶夫（1871—1919），俄国作家。
③ 维特（1849—1915），俄国政治家。曾任交通、财政大臣和总理大臣。他把产业革命引进了俄国。
④ 普列韦（1846—1904），俄国内务大臣兼宪兵司令，极端反动分子，被社会革命党人刺杀。
⑤ 俄国宪兵巡逻时骑用的马。
⑥ 有轨电车出现之前的公共交通工具。
⑦ 指贵族出身的大学生。
⑧ 指穿着领扣在侧面的衬衫的平民出身的大学生。

威，时间在 1903 年。越是逼近 1905 年，风潮的势头便越加凶猛，群众集会越加热烈。

夏天去了各地工厂实习。"俄罗斯号"轮船，谈笑风生的三等火车车厢，塞瓦斯托波尔，卡马河沿岸的工厂，敖德萨，港口，流浪汉。

1905 年的夏天，是在蓝色的大海中、眼花缭乱的事物中、排得满满的日程中度过的，这个夏天填满了人和事。我以实习生的身份，搭乘"俄罗斯号"轮船，从敖德萨航行到埃及的亚历山大港。君士坦丁堡①、清真寺、伊斯兰教的苦行僧、市场、士麦那②的白色大理石海滨大街、贝鲁特的贝都英人③、雅法④的白色拍岸浪、墨绿色的阿菲永⑤、鼠疫流行的塞得港⑥、黄白两色的非洲、充斥着英国警察和鳄鱼标本商贩的亚历山大，闻名的塔尔图斯⑦。其中与众不同、别具一格者当数美轮美奂的耶路撒冷，我在那的一位阿拉伯熟人家里住了大约一个星期。

在返回敖德萨时，正巧遇上史诗般的"波将金号"暴

① 即土耳其最大的城市伊斯坦布尔。
② 即土耳其港口城市伊兹密尔，古希腊称士麦那。
③ 即从事游牧的阿拉伯人，以饲养骆驼和羊为主。
④ 以色列城市，临地中海。1950年和特拉维夫合并。
⑤ 土耳其西部城市。
⑥ 埃及港口城市，位于苏伊士运河河口。
⑦ 叙利亚西南部塔尔图斯省的省会，西临地中海，南邻黎巴嫩，为俄国海军舰艇驻扎地。

动①。我和"俄罗斯号"的司机夹在潮水般的人群中，如醉如痴地在港口上游逛了一天一夜，冒着枪林弹雨，目睹了熊熊大火和烧杀抢掠。

那年月要做一名布尔什维克，就等于走一条阻力最大的路线，而我当时就是一名布尔什维克。那是1905年的秋天，罢工迭起，海军部大厦的探照灯划破了涅瓦大街的黑暗，10月17日发布"宣言"，各高等院校纷纷举行集会……

12月的一天晚上，有个名叫尼古拉的、长着一对招风耳的工人朋友来到罗曼巷我那间屋子里，带来一个装面包用的纸袋，纸袋里是火棉②。"我把这个纸袋放在你这儿吧，特务一直在跟踪我。""那就放在这儿吧。"这个纸袋就放在左边窗台上，紧挨着一包砂糖和一根香肠。

第二天，我去了维堡区③的"指挥部"，正当桌子上摊开着地图、巴拉贝伦枪、毛瑟枪的时候，警察闯了进来。我们三十来个人成了瓮中之鳖。可是我那间屋子里左边窗台上还放着那个装面包用的纸袋，床下面是传单。

我们被搜身、毒打之后，分成几个小组。我和另外四

---

① 1905年6月，俄国黑海舰队的装甲舰"波将金号"爆发起义，水兵们枪决了一批反动军官，竖起了革命红旗，由于未得到其他军舰的支持而告失败。列宁称这次起义为俄国军队中第一次群众性的革命暴动。
② 火棉又称焦木素，是制造无烟炸药的原料。
③ 彼得堡一个具有革命传统的区。

个人为一组，正巧靠近窗户。我发现窗外路灯那边有几张我熟悉的面孔，便乘人不备从小窗口扔出一张字条，让他们把我和那四个人屋子里违禁的东西拿走。他们照办了。这是我后来才了解到的，而在此之前，我在施巴列尔大街单独关押了好几个月，这期间我常常梦见左边窗台上那个装过面包的纸袋。

在单独关押期间，我爱上了速记法和英语，我一边学习速记和英语，一边还写诗（这是必然的）。1906年春天我获释，被流放到故乡。

故乡列别江的宁静、钟声和篱笆墙没能留住我多久。到了夏天，我就未经批准住进了彼得堡，后又迁居赫尔辛福斯[①]。我住的那间屋子就在埃德霍尔姆斯哈滕大街，窗户下面就是大海、山崖。每到晚上，当人的面孔还依稀可见的时候，在一块灰色花岗岩上举行集会。到了夜里，就看不见人的面孔了，那块黑乎乎的、暖烘烘的石头，让人觉得很柔软——因为我那间屋子就在附近，而斯维亚堡[②]那边打过来的探照灯光也显得轻柔宜人。

---

① 即赫尔辛基，1809年俄国瑞典战争后，芬兰并入俄国，成为俄国管辖下享有自治权的大公国。1917年12月苏联政府承认芬兰独立，建立芬兰共和国，定都赫尔辛基。赫尔辛福斯是赫尔辛基的瑞典文名称。
② 芬兰城市，现名芬兰林纳。1809—1917年属俄罗斯帝国，为俄国波罗的海舰队基地之一。

一次，在公共浴室里，一位光着身子的同志介绍我认识了一个光着身子、大腹便便的矮个子。这个大腹便便的矮个子原来是大名鼎鼎的赤卫军①上尉柯克。又过了些日子，赤卫军也进入了战斗状态。地平线上已经依稀可见喀啷施塔得②舰队军舰的黑影和十二英寸大炮的炮弹在水中爆炸时掀起的水柱，隐隐约约听得见斯维亚堡传来的沉闷的大炮声。于是我乔装打扮了一番，戴上一副夹鼻眼镜，返回了彼得堡。

　　一个国家有议会，高等院校就是国中之小国，它们也有自己的议会，叫作班长委员会。这里也有党派斗争和竞选鼓动，也出海报，印小册子，发表演讲，设立选票箱。我当上了班长委员会委员，还兼任委员会主席。

　　有一天我收到了传票，传我到区段警察所。警察所里有一张绿色的侦查令，上面写着：为将其驱逐出彼得堡，特立案侦查"大学学生叶甫盖尼·伊万诺夫·扎米亚京"。我坦然自若地申述说，我从来没有进过大学③，侦查令显然搞错了。我记得警察所长的鹰钩鼻子很像个问号，他说："嗯……这要查证一下。"这期间我迁至另一个区居住，半年以后，又来了一张传票，又是一份绿色的侦查令，又是"大学学生某某"，又是那

---

① 俄国1905年革命期间建立的工人武装组织。
② 位于彼得堡附近，是俄国海防要塞，波罗的海舰队的主要基地。1905年10月，这里的水兵起义，反对沙俄政府。
③ 扎米亚京只读过工学院，并没有读过大学（指彼得堡大学）。

个问号，又说要查证。就这样过了五年，到了1911年才终于把绿色侦查令的错误改正过来，我终于被驱逐出彼得堡市。

* * *

1908年，我从工学院造船系毕业后，留在本校造船学教研室（自1911年起讲授造船学）。在我的桌上同时摆放着塔式甲板船设计图样和我的第一篇短篇小说稿①。我把这篇小说寄给由奥斯特罗戈尔斯基②主编的《教育》杂志，该刊的纯文学专栏由阿尔齐巴舍夫③主持。1908年秋天，小说在《教育》杂志上刊发。现在，每当遇见曾经读过这篇小说的人，我就像见到我的一位姨妈一样，感到十分难堪，因为我两岁的时候，有一次在她家里当众尿湿了裤子。

此后的三年间，搞造船，教授造船学，和对数尺、图纸打交道，写了一些专业性文章，发表在《内燃机船舶》《俄国造船业》《工学院通报》等刊物上。由于工作的关系，多次外出旅行：沿伏尔加河航行至察里津④和阿斯特拉罕，去过卡玛河、顿涅茨克区、里海、阿尔汉格尔斯克、摩尔曼、高加索、克里木半岛。

这一时期，在和图纸、数字打交道的同时，还写了几篇

---

① 指作者的处女作《孤单》。
② 奥斯特罗戈尔斯基（1840—1917），俄国教育家、作家。
③ 阿尔齐巴舍夫（1878—1927），俄国作家。1917年移居国外。
④ 现名伏尔加格勒，1925年至1961年称斯大林格勒，是伏尔加河上一个港口城市。

短篇小说。这几篇小说没有送出发表，因为我觉得其中每一篇里都还有一些"不像样的东西"。"像样的东西"到1911年才写出来。这一年白夜白得出奇，有许多非常白亮的东西，也有许多非常阴暗的东西。这一年我被流放，害了一场重病，神经过度疲劳，以至于完全崩溃。起先，我住在谢斯特罗列茨克①一间空闲的别墅，后来，到了冬天，又移居拉赫特②。就在这个地方，在冰天雪地的季节里，在孤独和寂寥中写下了《小镇风情》③。完成《小镇风情》之后，我与《箴言》杂志集团④、列米佐夫⑤、普里什文⑥、伊万诺夫-拉祖姆尼克⑦建立了密切的关系。

　　1913年（罗曼诺夫王朝三百年⑧），我获得在彼得堡的居住权，如今又被医生赶出彼得堡⑨。我搬到古拉耶夫市居住，在那里建造了几条挖泥船，写了几个短篇和中篇小说《远在天边》⑩。这部中篇小说在《箴言》杂志登出后，该刊这一期被

----

① 彼得堡附近的城镇。
② 彼得堡附近的城镇。
③《小镇风情》(《Уездное》) 问世后，受到评论界的好评。
④ 指当时为文学期刊《箴言》撰稿的一批作家。
⑤ 列米佐夫（1877—1957），俄国作家，十月革命后流亡国外。
⑥ 普里什文（1873—1954），俄国作家，作品题材多与大自然、历史、民间创作有关。
⑦ 伊万诺夫-拉祖姆尼克，生卒年不详，俄国作家。
⑧ 罗曼诺夫王朝始建于1613年。第一个沙皇是米哈伊尔·罗曼诺夫，末代沙皇是尼古拉二世。该王朝被俄国二月革命（1917年）推翻。
⑨ 似指作者听了医嘱而离开了彼得堡。
⑩《远在天边》原文为 На куличках。

书刊检查机关没收，编辑部和作者都被送上了法庭。二月革命爆发前不久开庭审理，被宣布无罪释放。

1915 年和 1916 年之交的冬天又是一个风雪严寒、动荡不安的冬天——一月我挑起一场决斗，三月动身去了英国[①]。

此前西方国家当中我只去过德国。柏林看上去很像浓缩了的、百分之八十的彼得堡；英国则不同，英国的一切都是那么新奇，就像我当年在亚历山大或耶路撒冷的感受一样。

在这里，起初和钢铁、机器、图纸打交道，在格拉斯哥、纽卡斯尔、桑德兰、南希尔兹等地建造破冰船（顺便提一句，其中包括我国最大的破冰船之一——列宁号[②]）。德国人驾着飞艇和飞机从天上往下扔炸弹[③]。我在写《岛民》[④]。

当各种报纸赫然登出 "Revolution in Russia" "Abdication of Russian Tzar"[⑤] 的大字标题时，我在英国待不下去了。1917 年 9 月我搭乘一艘老掉牙的英国轮船（即使被德国人炸沉也不足惜）返回俄国。我们在海上走了很久，大约五十个小时才抵达卑尔根[⑥]。一路上熄灭灯火，人人都挂着救生圈，备好了救生艇。

---

① 指派往英国监造破冰船一事。
② 这艘破冰船建造之初名为"亚历山大·涅夫斯基号"，十月革命后更名为"列宁号"。
③ 当时正是第一次世界大战，英国站在协约国一方，向德国宣战。
④ 一部用英文写作、描写英国社会现实的讽刺小说。
⑤ 英语，意为"俄国爆发革命"、"俄国沙皇退位"。
⑥ 挪威港口城市。

1917 年和 1918 年之交的冬天充满了快乐和恐惧：事态急转直下，变幻莫测。船上人家，枪击，搜查，巡夜，家庭夜总会。再往后是：没有有轨电车的街道，带着口袋的人们排长队，每日赶路几十俄里，女老板[①]。咸鲱鱼，用咖啡豆粉碎机磨碎的燕麦[②]。与燕麦比邻而存的是层出不穷的大而全的创意：出版各个时代各个民族的经典作品，把一切艺术门类的一切艺术家联合起来，在戏剧舞台上演绎全世界的全部历史。这时我已经无暇顾及设计图样，应用技术已经枯萎，就像枯黄的树叶离我而去（在技术方面，只剩下了在工学院讲课）。与此同时，我在赫尔岑师范学院讲授俄国现代文学，在艺术馆学习班讲授艺术散文技巧，在《世界文学》编委会、全俄作家协会理事会、文学家之家委员会、艺术之家理事会以及一些出版社兼职，主编《艺术之家》《当代西方》《俄国当代人》等杂志。这几年写得较少，篇幅较长的作品有《我们》。这部长篇小说于 1925 年用英文出版，后来译成其他文字，俄文版至今尚未出版。

1925 年我背叛了文学，转向戏剧：写了《跳蚤》和《荣誉饶舌家协会》两个剧本。《跳蚤》于 1925 年 2 月在

---

① 苏联于 1921 年至 30 年代后半期实行新经济政策，允许私人贸易和开办小型企业。"女老板"是当时流行的对个体商贩的谑称。
② 磨碎的燕麦经炒制后，可代替咖啡饮用。

小剧院首次上演,《荣誉饶舌家协会》于 1925 年 11 月在米哈伊洛夫剧院首次上演。最新的一个剧本——悲剧《阿提拉①》完成于 1928 年。在《阿提拉》这个剧本里,我达到了写诗的地步。再往前无路可走了,便又回过头来写起长、短篇小说来。

我认为,如果我 1917 年不是从英国回来,如果我这些年不是和俄罗斯一起度过的,我肯定无法再从事写作。在彼得堡、莫斯科,在坦波夫省的偏僻地区,在沃洛格达省和普斯科夫省的农村,我积累了许多见闻。

这一段经历到此结束了。我现在还不知道,我的生活里还会出现哪些曲折。

1928 年

---

① 阿提拉（？—453）自公元 434 年起为匈奴人领袖,在他当政期间,匈奴部族联盟达到了极盛时期。

图书在版编目（CIP）数据

我们 ／（俄罗斯）叶甫盖尼·扎米亚京著；范国恩
译 . —南京：译林出版社，2023.4
ISBN 978-7-5447-9494-7

Ⅰ.①我… Ⅱ.①叶… ②范… Ⅲ.①长篇小说 – 俄
罗斯 – 现代 Ⅳ.①I512.45

中国版本图书馆 CIP 数据核字（2022）第 207246 号

我们 [俄罗斯] 叶甫盖尼·扎米亚京 ／ 著　范国恩 ／ 译

责任编辑　　王　珏
装帧设计　　廖　韡
校　　对　　孙玉兰
责任印制　　董　虎

出版发行　译林出版社
地　　址　南京市湖南路 1 号 A 楼
邮　　箱　yilin@yilin.com
网　　址　www.yilin.com
市场热线　025-86633278
排　　版　南京展望文化发展有限公司
印　　刷　中华商务联合印刷（广东）有限公司
开　　本　787 毫米 ×1092 毫米　1/32
印　　张　9.375
插　　页　4
版　　次　2023 年 4 月第 1 版
印　　次　2023 年 4 月第 1 次印刷
书　　号　ISBN 978-7-5447-9494-7
定　　价　39.80 元